俺のペットは聖女さま

My pet is a holy girl

ムク文鳥
Muku-Buncho
イラスト：カスカベアキラ

TOブックス

Contents

夢　4
召喚　13
転生　24
サヴァイヴ神殿の聖女　35
呼ばれた理由　45
過去　55
これからのこと　67
魔法について学ぼう　77
家を探そう　89
魔祓《まばら》い師　99
《自由騎士》　111
片鱗　121
異変　134

My pet is a holy girl

秘めた想い 144
魔に堕ちる 154
〈魔〉 164
援軍 174
〈魔〉の囁き 187
覚醒 196
〈天〉 207
示された道標 222
辰巳の決意 233
そして、始まる 244
番外編 カルセドニアが二人 257
あとがき 282

イラスト：カスカベアキラ
デザイン：萩原栄一(big body)

夢

ああ、今日もまたあの夢だ。

それが夢であることを、彼——山形辰巳《やまがたたつみ》ははっきりと自覚した。

「これは夢だ」と自覚のある夢のことを、確か明晰夢《めいせきむ》とか言うんだっけ？　と、どうでもいいことを考えつつ、辰巳はいつもの夢をどこか他人事のように眺める。

場所はどこかの地下室だろうか。さして広くはない——学校の教室ほどの広さ——薄暗い部屋の中で、一人の女性が膝立ちの姿勢で一心不乱に祈りを捧げていた。

周囲は全て石造り。壁も床も、そして天井も。その様子が、辰巳がそこは地下室なのかもしれないと推測した理由だった。

光源はゆらゆらと揺れるいくつもの蝋燭《ろうそく》だけ。

女性の年齢は二十歳前といったところだろうか。最近まで高校一年生——二度目の一年生だが——だった辰巳とは、同い年か少し年上に見える。

腰の下まである、長く真っ直ぐな髪。

その髪は蝋燭の赤い光を受けて朱金に輝いているが、実際の色は金髪かもしれない。それも、金というよりはもっと白っぽい、いわゆるプラチナ・ブロンドという奴ではないだろうか。

瞳の色は分からない。彼女の瞳は今、祈りに集中しているためか閉じられたままだからだ。

人種としては西洋系。とはいえ、辰巳が知るアメリカ人とかイギリス人とかとは、どこか微妙に違うような気もする。まあ、詳しい人種までは辰巳には分からないが、彼女が極めて美人だということは間違いない。

筋の通った鼻梁《びりょう》にシャープな顎《あご》のライン。各パーツの配置も実に絶妙。祈りのために女性が目を閉じていることが少しだけ残念だった。

よく見れば花弁のような可憐な唇が、絶え間なく動いているのが見えた。どうやら辰巳には理解できない言語で、呪文か祝詞《のりと》のようなものを唱えているようだ。


聖女。


ふと、そんな単語が辰巳の脳裏に浮かび上がる。

今、夢の中で祈りを捧げている女性が、いわゆる魔法使いというよりは聖職者のようなイメージだから、そんな言葉を思いついたのかもしれない。

辰巳が見るその夢の中で、その聖女はいつまでも熱心に祈りを捧げていた。


目が覚めた。

寝起きのぼんやりとした状態で、辰巳はすっかり見慣れた天井を見つめながら考える。

いつからだろう。彼がこの夢を見るようになったのは。

夢の中で見た聖女の姿を思い出しながら、辰巳はしばらく考えてみた。

夢を見始めたのは一年ほど前からか。最初は一ヶ月に一度ぐらいだった。それでも何度も同じ夢を見るうちに、その異常性に気づいた。

そして、徐々に夢を見る間隔が短くなってきた。

一ヶ月に一度が二度になり三度になり、やがて一週間に一度となり、次いで三日に一度になった。

そして今では、ほぼ毎日あの聖女の夢を見る。

彼女の夢を毎日見るようになったのは、今から十日ほど前のことか。

「十日前」というキーワードに、辰巳はあることに気づく。

「……十日前……？　それって、俺があいつを……チーコを失った日だ……」

チーコ。それは彼に残された最後の、そして最愛の家族の名前だった。


今から一年と半年ほど前。辰巳の両親と妹が交通事故でこの世を去った。

辰巳が志望した高校に見事合格したお祝いにと、家族揃ってとある温泉地へと向かう途中のこと。

父親が運転していた自家用車に、居眠り運転の大型トラックが突っ込んできたのだ。

もちろん、辰巳もその車に乗っていた。彼だけは奇跡的に一命を取り留めたが、他の家族はほとんど即死だった。

ウィンドウガラス一杯に広がる大型トラックのフロント。それ以後のことは、辰巳もあまり覚えていない。彼自身、事故で数日間意識を失っていたからだ。

全身数ヶ所の骨折という重傷を負った辰巳は、意識を取り戻してからも二ヶ月以上の入院生活を強いられた。

そしてその二ヶ月で、彼の生活環境はすっかり変わってしまったのだ。

事故で両親と妹を一度に失った辰巳。

家族の葬式は、近所の人たちがあれこれと世話をしてくれたと、辰巳は退院してから聞いた。葬式の費用は、家族の保険金から後日に支払われたらしい。

幸いにも、彼が成人するまでは生活していけるほどの、保険金が下りることになったらしい。この辺りのことは担当してくれた弁護士があれこれと説明してくれたのだが、正直あまり詳しくは覚えていない。

とはいえ、高校に入学したばかりで未成年である辰巳に、残りの保険金の管理などできるはずもなく。

保険金の管理などは、唯一の親戚である父方の叔母に任されることになった。

辰巳は、叔母は確か三十代の半ばで未婚だったと記憶している。

というのも、叔母は辰巳たちが住んでいた場所からかなり遠くに住んでおり、普段は付き合いと呼べるようなものもほとんどない人物だからだ。しかも、その叔母は仕事が忙しいからと、辰巳の家族の葬式にも顔を出さなかったほどである。

しかもその叔母は、一人になった辰巳を引き取って面倒を見ることをきっぱりと拒否した。

「あなたが暮らすための保証人や後見人にはなってあげる。でも、それ以外はお互いに不干渉でいきましょう？　それともあなた、どこかの施設にでも入る？」

叔母から直接こう言われて、辰巳は祖母の提案を受け入れた。

こうして叔母は書類上だけの保護者となり、辰巳の一人暮らしが始まったのだ。

学校の費用と生活費は、毎月必要な額だけ口座に振り込まれる。これだけは叔母もしっかりとやってくれているのか、それとも最初からそういう契約になっているのか。

もしかすると、振り込まれるはずの保険金の一部を、叔母が勝手に懐に入れているかもしれない。

そんなことを考えなくもない辰巳だったが、あえて調べるつもりもないし、触れるつもりもなかった。

保護者としての責任放棄として、叔母をしかるべき所に訴えることもできただろう。

だが、そうすると叔母は保護者失格となり、辰巳はどこかの施設に入らなければならなくなる。

それぐらいならば、今の一人暮らしの方がましだというのが辰巳の選択だった。

家族で暮らしていた一軒家を処分し、辰巳は学校近くのアパートに移った。

それまで住んでいた一軒家は、辰巳が一人で暮らすには広すぎるし、税金などの維持費も馬鹿にならない。そして何より、亡き家族との思い出が染み込んだあの家で一人で暮らすのは、辰巳にとって辛すぎることだったのだ。

折角志望校に合格した辰巳だったが、彼の高校生活は上手くいっているとは言い難い状況であった。

新しい生活のスタートダッシュを決める最初の数ヶ月を、辰巳は病院のベッドの上で過ごしたのだ。

退院しても、その後は苦しいリハビリが待っていた。リハビリの全てを終えて辰巳が日常生活に戻った時、既に学校は一学期が終了して夏休みに突入していた。

高校一年生の最初の一学期を丸ごと欠席した辰巳。当然ながら、二学期から学校では浮いた存在だった。

突然二学期から学校に姿を見せた辰巳。級友たちは前もって辰巳の不幸を知らされていたようで、皆が皆、腫れ物を触るように彼に接してきた。

いじめや意地悪をされたわけではないが、何となく居心地が悪くて辰巳は一人でいることが多くなっていく。

勉強も一学期を丸ごと休んでしまったため、他の級友たちについていけない。

そのため成績はどんどんと下降し、いつの間にか底辺から数えた方が早い落ちこぼれとなっていた。

それでも辰巳が高校へ通い続けたのは、亡き家族が高校に合格したことを凄《すご》く喜んでくれたからだ。

家族の思いに応えるべく、高校に通い続ける辰巳。

だが、成績も芳しくなく、打ち込む部活があるわけでもなく、親しい友人と呼べるような存在もなく。

やがて気がつけば、ただ惰性で高校に通うようになっていた。

たとえ惰性でも辰巳が前を向いていられたのは、彼にはチーコという最後に残された家族がいてくれたからだ。

チーコは例の家族旅行には参加せず、家で留守番をしていた。そのため、事故で命を失うこともなかった。

アパートに帰ればチーコが待っていてくれる。

その思いだけで、辰巳は日々を送っていた。

だが。

そんな最愛のチーコとも、別れの時はやってきたのだ。


チーコと辰巳が出会ったのは十年以上も前。幼い辰巳の誕生日のプレゼントとして、両親がチーコと会わせてくれた。

それ以来、ずっと辰巳とチーコは一緒だった。

まだ自分で食事のできないチーコの食事の世話をした。

チーコが大きくなってからは、夏の暑い時期に一緒にアイスを食べた。冬の寒い時期には一緒に炬燵《こたつ》で丸くなった。

春になれば一緒に散歩に行ったし、秋には様々な実りを一緒に楽しんだ。

チーコが病気になれば、辰巳が抱えて病院に駆け込んだし、辰巳が風邪をひいた時は、チーコは何となく心配そうな顔でじっと彼を見ていた。

そんな辰巳にとって最愛のチーコだったが、寿命という別れが迫ったのだ。

チーコが天寿を全うしたのが、丁度十日前のこと。

辰巳の腕の中で、眠るように息を引き取ったチーコ。その時の感触を、辰巳はいまだにはっきりと覚えている。

温かくふわふわとした感触のチーコの身体。それが徐々に冷たくなっていくあの恐怖感。

辰巳は自分以外には誰もいないアパートの一室で、一晩中静かに泣いた。

泣いて泣いて泣き続けて。それでも夜が明けると、すっかり冷たくなったチーコの身体を抱えて近所の河原へと行き、そこにチーコの亡骸《なきがら》を葬った。

小さな墓を立て、その前に野草ではあるが花を添える。

墓の前でじっと手を合わせ、辰巳はチーコの冥福を祈る。

いつまでも、いつまでも。辰巳はチーコの墓の前で祈りを捧げた。

できればずっと祈っていたかったが、そうするわけにもいかない。

高校生活は二度目の春を迎えていた。いや、辰巳にとっては実質初めての春であるが。

成績も悪く、一学期を丸ごと欠席した辰巳は、去年の早々のうちに留年が決定していた。そのため、新しいクラスになってから、辰巳は一日も高校には行っていなかった。

学校へ行かなかった理由は留年したこともあるが、それよりも老齢による衰えを見せ始めたチーコと共にいたかったからだ。

学校へ行くこともなく、それどころか部屋から出ることさえ稀《まれ》になるほど、辰巳はチーコに付き添っていた。

そのチーコがこうして天寿を全うした今、彼は一つの決心をしたのだ。そう、学校を辞めると言う決心を。

親しい友達もなく、心の支えであったチーコを失った今、高校生活に全くの未練はない。

辰巳はアパートに帰ると、久しぶりに制服に着替えて学校へ向かう。

教室ではなく職員室に直接向かい、ただ黙って初めて顔を合わせた担任に退学届を手渡した。

担任もある程度は予想していたようで、言葉では引き止めようとしたものの、そこに熱意はまるで感じられず、辰巳の高校生活はこうしてあっさりと幕を閉じた。

それからだ。例の聖女の夢を毎晩見るようになったのは。

チーコを失った悲しみを引き摺《ず》って、アパートの自室に引き篭《こも》った辰巳。

昼は何をすることもなく、かつてチーコがいた鳥籠《とりかご》をじっと眺めて過ごし、夜になってベッドに潜り込むと例の聖女の夢を見る。

そんな生活を十日も繰り返していた辰巳。

今の彼には生きる希望というものがすっかり欠落していた。

ベッドから身を起こした辰巳は、枕元に置いてあった携帯電話を手に取ると、それを操作して何枚もあるチーコの写真を順に表示して眺めていく。

「チーコ……俺……どうしたらいいんだ……？　独りでは……おまえがいないと俺…………」

この十日間、何度も繰り返した問いかけ。

辰巳は携帯電話の小さな画面の中で、あどけない表情でじっとこちらを見るチーコの顔をじっと見つめる。

円《つぶ》らな瞳。

銀色に近いグレーの羽毛に包まれた柔らかな身体。

そんな中で、頭部は見事な純白。

ホワイトフェイス種のオカメインコ。

それが辰巳が幼い頃より一緒に育った、彼の最愛にして最後の家族のチーコだった。

召喚

次の日の夜もまた、あの夢を見た。

目覚めはしたものの、ベッドに仰向けに横たわったままぼんやりと天井を見上げ、辰巳は先程まで見ていた夢を思い出していた。

細部までくっきりと思い出せる、妙にリアルな夢。

しかも心なしか、日増しにリアルさが増しているような気もする。

薄暗い地下室のような場所で、いつものように一心不乱に祈りを捧げている聖女。

今日見た夢は、彼女がいかに必死に祈っているのかその様子がはっきりと分かった。

処女雪のように白い肌に浮かぶ、幾つもの汗の珠。

やがて汗の珠は、微動だにしない彼女のその肌の上を滑り落ち、石造りの床にぽたりぽたりと滴《したた》る。

そんな細かな様子までも、辰巳にはしっかりと見えたのだ。

「…………どうして……あんな夢を見るのかなぁ……」

天井を見上げたまま、辰巳はぽつりと呟いた。

これだけ頻繁《ひんぱん》に同じ夢を見るということは、何か理由があるに違いない。

よくあるパターンとしては、誰かが辰巳のことを呼んでいる場合——いわゆる、召喚パターンだ。

だが、小説やコミックの中ならばともかく、突然どこかに召喚されるような非現実的なことはないだろう。

そもそも、召喚される理由がない。辰巳はどこにでもいるこれといった長所もない、ごく普通の十六歳の少年なのだ。

確かに小説などでは、異世界の姫が世界を救うための勇者を無作為に呼び出す、なんて設定はよくあるが、まさかそれが自分の身に起こるとは到底思えない。

それよりも、だ。

今のままではいけないことは、辰巳自身もよく分かっている。前を向かなければ。いつまでもチーコのことを引き摺っていてはだめだ。

今日も再び自分にそう言い聞かせながら、辰巳はベッドから身体を起こすとのろのろと着替え始めた。

高校を中退してしまった今、せめてアルバイトでも探そう。そう考えつつ、着替えを済ませて顔も洗う。

近所のコンビニにでも行って、求人情報誌でも買おう。そう思ってはみたものの、視界の隅にかつてチーコが入っていた鳥籠が目に入ると、チーコを失った時の悲しみが込み上げてきた。

かつてのチーコとの楽しかった生活が、辰巳の脳裏で何度も繰り返される。

そして、再び思い知るのだ。チーコはもういないことを。

そうなったらもうだめだった。チーコを失った悲しみがぶり返してきて、何もする気がなくなってしまう。

チーコがいなくなってからは、食欲もあまりなくて最低限の食事しか摂《と》っていない。それも、以前に買い込んでおいたインスタント食品ばかりを。

結局、その日もまた、辰巳はどこに行くこともなく、何をするでもなく自分の部屋に引き篭ったまま過ごすことになった。

ベッドに腰を下ろしてじっと携帯の画面に映る家族やチーコの写真を眺める。その途中で辰巳はふとベッドの脇に立てかけておいたギターに手を伸ばし、何となくそれを弄《いじ》り始める。

このアコースティックギターは亡き父親の形見であり、辰巳が幼い頃は父親もちょくちょくこのアコギを辰巳に弾いてくれたものだった。

彼の父親は若い頃にバンドを組み、本格的にプロのギタリストを目指していたらしい。結局、プロへの道は断念したそうだが、結構いいところまでは行っていたんだ、というのが父親の口癖でもあった。

その父親から辰巳もギターの扱いは教わっていたので、ある程度は演奏することができる。もちろん、プロを目指せるほどの実力はないのだが。

ぽろん、ぽろろんと特に意識することなくギターを爪弾《つまび》く。

「…………そう言えば、こうやってギターを鳴らしていると、チーコは合わせるように歌ってくれたよな……」

そんなことを思い出し、再び暗い気分になる辰巳。

かつて、まだ彼のチーコが元気だった頃。辰巳が今のようにギターを弾くと、それに合わせてまるで歌うようにチーコは囀《さえず》ってくれた。

在りし日の彼女の姿を思い出しつつ、辰巳は静かにギターを爪弾く。

その時だった。

突然、彼が腰を下ろしていたベッドの周囲に光が沸き上がったのは。

ベッドの上には、シーツや掛け布団などの寝具しかなく、光を放つような光源は存在しない。それなのに、突然ベッドから謎の発光現象。理由は不明だが、まさに沸き上がったと表現するしかない光の乱舞に、辰巳は目を細めて様子を窺《うかが》うことしかできない。

辰巳がそうしている間にも、光の乱舞は続いている。

光は銀色で全く熱を感じない。熱どころか、その光はどこか神聖さを感じさせる眩しくも優しい光で。

そして周囲が完全に銀に染まった時、辰巳は自分の足元に何かが存在していることに気づいた。

何やら幾何学的な模様のようなものと、それを囲む文字や記号のようなもの。

眩しい光の中で更に銀に輝くそれを、辰巳の限られた知識がまるで魔法陣のようだと判断した時。

彼の意識は周囲に溢れる光とは正反対の、暗い闇の中へと飲み込まれていった。


ぼんやりと、閉じていた目を開けてみる。

周囲は随分と薄暗い。もしかして、まだ夜明け前だろうか。

そう思った辰巳は首を動かした。ベッドの頭上方向にある窓の外を見ようとして。

だが、そちらにあるはずの窓はなく、代わりに見えたのは石造りの重厚そうな壁だった。しかも、その壁には細かな装飾が施された高価そうな燭台《しょくだい》が設置されており、その燭台の上の蝋燭には火が灯っていた。

あれ？　こんな所に石壁や燭台なんてあったっけ？

寝ぼけた頭で辰巳は考える。

辰巳が家族と死別した後、チーコと移り住んだアパートは、２Ｋの小さな部屋だ。それでも一人で——最近まではチーコも一緒だったが——暮らすには充分な広さがあり、辰巳も結構気に入っていた部屋である。

その部屋には、当然ながら石壁なんてあるはずがない。いや、辰巳の部屋に限らず、今の日本で石壁の家などほとんどないだろう。

ならば、ここは辰巳の部屋ではない、ということになる。では、自分はどこで寝ていたのだろうと思い、上半身を起こして周囲の様子を確かめてみる。

周囲は全方向が石壁で覆われていた。それも四方の壁だけではなく、天井も床も全て石造りだ。

はて、こんな風景をどこかで見たような？　しかも、ごく最近に何度も。

ぼりぼりと後頭部を掻きつつ、改めて周囲を見回す辰巳。

すると、彼の瞳があるものを捉えた。

それは膝立ちの姿勢で目を見開いて、じっと自分を見つめている一人の女性。

長い白金色の髪と、紅玉《ルビー》のような色の瞳のとても綺麗な女性。なぜか頭頂部分から、ひょこんと一房の髪が飛び出している。いわゆる「アホ毛」という奴だろうか。

そんな女性が驚いた様子で身動き一つせず、じっと自分のことを見ているものだから、辰巳も思わずその女性のことをまじまじと眺めてしまった。

そして、辰巳は気づく。

その女性に見覚えがあることを。

「………夢の中に出てきた……聖女……？」

そう。それは彼が毎晩のように見る夢の中で、いつも一心に祈りを捧げていたあの聖女にそっくりだったのだ。

それに思い至った辰巳が改めて周囲の様子を見てみると、今彼がいるのは確かに夢で見たあの地下室のような場所によく似ている。いや、似ているなんてもんじゃない。あの地下室そのものだ。

では、聖女の方も夢で見た女の人と同一人物なのだろうか？

再び辰巳が視線を聖女らしき人物へと向けようとした時。

彼の身体を強い衝撃が襲った。

ベッドに腰を下ろしている体勢だった辰巳は、襲ってきた衝撃に耐えきれずにそのままベッドに仰向けに倒れ込む。

一体、何事っ⁉　と軽いパニックに陥った辰巳の視界に、白金色の綺麗な髪がふわりと舞った。

そして感じられる、強く抱擁される感覚と鼻腔《びこう》を擽《くすぐ》る甘い香り。

この時になって、ようやく辰巳は先程の聖女らしき女性に抱き締められていることに気づくのだった。

突然飛びかかるように辰巳を抱き締めた女性。

彼女はその細い腕で一頻《ひとしき》り辰巳の身体をぎゅっと抱き締めると、僅《わず》かに身体を離して辰巳の顔を覗き込んだ。

女性の赤い瞳と辰巳の黒い瞳が、至近距離で交差する。

今、女性の紅玉《ルビー》のような真紅の瞳には、きらきらと輝く涙が浮かんでいた。それでいて、彼女は辰巳に向かって嬉しそうに微笑んだのだ。

「ようやく……ようやく会えました……再びあなたにこうして会える日を、私は……もう何年も待ち続けました……」

「え？　えっと……以前にも会ったことが……？」

「はい……ああ……このお姿、このお声……そして、この匂い……間違いない……私はあなたのことを、一時たりとも忘れたことはありません………」

そこで感きわまったのか、彼女の瞳に満ちていた涙がとうとう決壊し、ぽたりと辰巳の顔に零《こぼ》れ落ちた。

頬に落ちた涙の感触に、辰巳は今の自分の体勢を改めて思い出し、その顔色を赤くした。

今、辰巳と女性はベッドの上で抱き合っているのだ。

しかも女性が辰巳の上に乗っている体勢なので、彼女の身体の柔らかさを全身で感じてしまっている。

だが、重いという実感はない。身長は辰巳と同じかやや低いぐらいだが、おそらく体重は彼よりもずっと軽いのだろう。

特に意識してしまうのはやはり、彼の胸で潰れているすっげえ柔らかい二つのもの。もちろん、女性を象徴するアレだ。

彼女が身動《みじろ》ぎする度に、ふわふわふわふよふよと辰巳の胸を柔らかく擽る。

夢で見ていた時には気づかなかったが、彼女が身に着けているのはごく薄い一枚の布を身体に巻き付けるような衣服のみなのだ。

部屋の中は薄暗いが、それでもこれだけ彼女との距離が近ければ、その薄い布を通して彼女の肌の色が透けて見えてしまう。

思わず、辰巳の視線がくっきりと刻まれた彼女の胸の谷間に吸い付けられる。

胸の先のピンク色の果実は押しつけられた彼の胸に隠れて見えないが、この女性の胸部戦闘力がかなり高いのは間違いない。推定戦力は八十五から九十といったところか。

こんな状況でもそんなことを考えてしまうなんて、男とはなんて悲しい生き物だろう、とどこか他人事のように考える辰巳。間違いなくある種の現実逃避である。

そんな辰巳の視線に気づいているのかいないのか、女性は再びふわりと笑うと実にとんでもないことを口にした。

「再び……再びこうしてお会いすることができて、私はとても嬉しいです…………ご主人様」

「え？　は？　い、今、何て……え？　ご、ご主人様？　も、もしかして……俺のこと？」

「はい。あなたは私のご主人様ではありませんか」

にっこり。女性は心の底から嬉しそうに笑う。

先程も言っていたが、どうやら自分はこの女性と以前に会ったことがあるらしい。

辰巳は慌てて記憶をほじくり返すが、彼には目の前の美女と出会った覚えはなかった。

そもそも、辰巳には外国人に知り合いなどいない。それどころか、これまでの人生で言葉を交わしたことのある外国人でさえほとんどいないのだ。せいぜい道を尋ねられた時の一回か二回ぐらいだろう。

しかも、こんなに綺麗な白金髪《プラチナブロンド》に、紅玉《ルビー》のような赤い瞳という特徴的な女性なのだ。顔立ちも極めて整っており、一度でも会えば忘れるはずがない。

そんなことを考えていた辰巳の内心を読み取ったのか、女性は更に言葉を続けた。

「ご主人様が思い出せないのは仕方ありません。ご主人様が覚えている私は、この姿ではありませんから」

「え？　それってどういう意味なんだ？」

思わずきょとんとする辰巳を見て、女性はくすくすと笑う。そして彼から身を離すと、ベッドの上で居住まいを正した。

「申し遅れました。私の名前はカルセドニア・クリソプレーズ。ラルゴフィーリ王国のサヴァイヴ教団において、司祭の地位にある者です」

と、正座のような姿勢のまま、静かに頭を下げた。

「は……？　あ、えっと……俺は山形辰巳っていいます」

「はい。存じ上げております」

と、にっこりと微笑むカルセドニアと名乗った女性。彼女のこの笑顔を見れば、世の男のほとんどは虜《とりこ》になるに違いない。そう思わせるような極上の笑顔だ。

だが、そんな笑顔を向けられながらも、辰巳の困惑は更に深くなるばかり。

彼女が辰巳の名前を知っていたのはもちろん、今の彼女の言葉の中に全く聞き覚えのない単語がいくつもあったからだ。

この時、辰巳の胸中にある推測が思い浮かぶ。だが、彼がそれを口にするより早く、カルセドニアは更に言葉を続けた。

「ご主人様はこの私のことは全くご存知ないでしょう。ですが、私はご主人様のことを誰よりもよく知っています。いえ……覚えています」

じっと辰巳の顔を見つめるカルセドニア。その真摯な視線に、辰巳は既視感を覚えた。

以前にも、自分はこんな視線を向けられたことがある。それも、凄く至近距離から。

例えば、手の上から。例えば、肩の上から。時には座っている膝の上からのこともあったはずだ。

そう。なぜか、彼女のその視線は彼の最愛の小さな家族のものととても似ていて。

「……チーコ……」

思わず辰巳の口から零れるその名前。そしてそれを聞いた瞬間、カルセドニアはぱあああああっと今までで一番の笑みを浮かべた。

それは見る者誰もが、彼女が大きな幸福を感じているのを疑わない至福の笑顔。

そんな笑顔を浮かべた彼女の口から、辰巳にとんでもない衝撃を与える言葉が飛び出した。

「はい……っ!! はい、そうですっ!! 私は……私はチーコですっ!! ご主人様……あなたのチーコですっ!!」

満面の笑みを浮かべながら、それでいて涙を両眼一杯に溢れさせたカルセドニアは、再び辰巳へと抱きついてきた。

自らのことをチーコだと名乗る女性を思わず受け止め、辰巳は再びベッドに倒れ込む。

またもや腕の中に飛び込んできたとても柔らかい身体。それをどう扱ったらいいのかまごまごとするしかない辰巳。

自慢ではないが、辰巳はこれまで女性を抱き締めたこともなければ、抱き締められたこともない。

もちろん、赤ん坊やそれに準じた年齢の頃に母親などに抱かれたことはあるだろうが、そんな記憶は既に辰巳の中にはないからノーカウント。

ちなみにこの時、彼は自分の手はどこに置いたらいいのか——彼女の肩? それとも腰?——迷いに迷い、空中でわきゃわきゃと不気味に蠢《うごめ》かせていた。

そんな辰巳の葛藤に気づく気配もなく、カルセドニアは嬉しそうにすりすりと辰巳の胸に頭を擦り付ける。

その際、一緒に彼女の身体の中で最も柔らかい二つのアレも辰巳の身体に押し当てられるが、辰巳はその感覚をあえて気づいていないことにした。

すりすりと何度も辰巳の胸におでこを擦り付けるカルセドニア。それに合わせて、彼女の頭頂部からひょこんと飛び出した一房のアホ毛もひょこひょこと揺れる。

何気なく左右に揺れるアホ毛を見ていた辰巳は、とある記憶を思い起こした。

かつて元気だった頃のチーコも、よくこうして頭部を辰巳の手や頬に擦り付けるようにして甘えたものだったのだ。

時にはこくん、と首を傾げて「撫でて、撫でて」と言わんばかりに辰巳に催促することもあった。そんな時、当然ながら辰巳は指先でその小さな頭頂部をくりくりと撫で回してやった。

そんな記憶が思い起こされ、つい辰巳は自分に抱きついている女性の頭頂部を掌《てのひら》で撫でてしまった。人、それを条件反射と言う。

突然頭頂部に感じられた辰巳の掌の感触に驚いたのだろう。カルセドニアははっとした表情を浮かべて顔を上げ、じっと辰巳のことを見た。

「ご、ご主人様……」

「あ……と、ご、ごめんっ!! 以前に飼っていたオカメインコが似たような仕草をしたものだから、つい……」

慌てて手を引っ込めながら、もごもごと謝罪する辰巳。誰だって突然頭に馴れ馴れしく触れられたら嫌だろう。そんなことを考えつつ、実は掌に感じられた彼女の柔らかな髪の感触に、内心ではもう少し触れていたいと思いながら。

だが、カルセドニアは怒ってはいないようだった。それどころか、更に嬉しそうにその相好《そうごう》を崩す。

「はい……っ!! はい……っ!! そうですっ!! ご主人様は、よくそのようにして私の頭を撫でてくれましたっ!! 私、覚えていますっ!! ご主人様の手が……当時は指先でしたが、とても温かかったことを……っ!!」

その綺麗な顔を歓喜の涙でぐしゃぐしゃにして、カルセドニアはしっかりと辰巳を抱き締めた。

「ご主人様……私の……私のご主人様…………っ!!」

うわごとのように、それだけを繰り返し続けるカルセドニア。

そんな彼女の様子をじっと見つめる辰巳。

当然ながら、彼に抱きついている女性とオカメインコだったチーコとでは、その姿はあまりにも違いすぎる。

それでも、辰巳は彼女の言葉を完全に否定することはできなかった。

なぜなら彼女の雰囲気やちょっとした仕草が、あまりにも彼のチーコによく似ているのだ。時に直感が理屈を陵駕《りょうが》する瞬間は確かに存在する。そして今、彼の直感は彼女の言葉に嘘《うそ》はないと告げていた。

「本当に……本当に……チーコ…………なのか……?」

「はいっ!! 私はチーコです。こちらの世界で人間として生まれ変わりましたが、私にはチーコだっ

た頃の……オカメインコだった頃の記憶が残っています。私はご主人様に育てられ……そして、ご主人様に見守られて息を引き取った……あなたのチーコです……っ!!」

「こ、こちらの世界……? 生まれ変わり……?」

「異世界」とか「召喚」とか「転生」といった、小説などでよく見かける単語が辰巳の頭の中を勢いよく駆け巡る。

その間も、相変わらずカルセドニアは、その柔らかな身体をぐりぐりと辰巳に押しつけている。しかも周囲は薄暗い地下室らしき場所で尚且つベッドの上。辰巳の身体が思わず男としての反応を示したとしても、それは仕方のないことだろう。

一体これからどうしたらいいんだ?

理性と本能が激しいしのぎ合いを続けながら、辰巳が心底悩んでいると、二人しかいなかったはずの地下室に第三の声が響いた。

「これこれ、カルセや。程ほどにしておきなさい。婿殿《むこどの》が困っておるではないか」

それは穏やかな、それでいてその芯に確かな強さを感じさせる年老いた男性の声だった。


反射的に声のした方へと顔を向けた辰巳。

そこに、一人の老人がいた。

背の高さは辰巳と同じぐらいだろうか。辰巳の身長が百六十八センチなので、老人としては高い方なのかもしれない。

白い髪と同じ色の豊かな長い髭《ひげ》を蓄えた、温和そうな印象の老人だ。見た目の年齢は七十歳ほど。辰巳が呼ばれた――もう召喚されたことを彼は疑ってはいない――この世界の平均寿命がどれほどなのかは分からないが、おそらくかなりの老齢に分類されるだろう。

その割には腰もしゃんと伸びていて、あまり高齢だということを感じさせない。一言で言うならば、「元気一杯なお爺ちゃん」といった印象だ。

よく見れば、その老人の背後に開け放たれた扉が見える。どうやら先程は、チーコの生まれ変わりという女性に気を取られて扉には気づかなかったらしい。

老人は温和な笑みを浮かべながら、ゆっくりと辰巳とカルセドニアの元へと歩み寄ってくる。

その際、老人が身に着けていた白くてゆったりとした服がさらさらと静かな音を立てる。

純白で傍目にも上等な布を使用していることが分かる、高価そうな服だ。服の各所には金糸や銀糸などをふんだんに用い、細かな刺繍《ししゅう》が丁寧に施されているところも踏まえて、この老人は高い地位にある人物か、余程の金持ちのどちらかだろう。もしかすると、その両方かもしれない。

辰巳は老人のその服装を見て、テレビか何かで見たキリスト教の司祭のような印象を受けた。

「少々心配になってカルセの様子を見に来てみれば……ほほほ、どうやら無事に婿殿を呼び寄せることに成功したようじゃの」

「はい、お祖父《じい》様。ご主人様を無事、こちらの世界にお呼びすることに成功しました」

「ほほほ、そうかそうか。まずは重畳《ちょうじょう》といったところよの。さて、婿殿よ」

「え……婿殿って……もしかして、俺のこと……ですか……？」

「もちろんじゃとも。この場には儂《わし》と孫娘のカルセ以外には、お主しかおらんじゃろ？」

相変わらず温和な笑みを浮かべながら、老人は言葉を続ける。

「詳しい説明は場所を変えてからにせんかの？　ここは長話をするような場所ではない。それに……」

老人の目が、いまだに辰巳の上に乗っかっている状態のカルセドニアへと向けられた。

「カルセは早く着替えてきなさい。今のお主のその姿は、年若い婿殿にはちっと目の毒じゃろうからの」

老人にそう言われて、カルセドニアは弾かれるようにして辰巳から離れ、今の自分の格好を思い出したのか、慌てて両手でその豊かな胸元を抱き締めるようにして隠した。

「こ、これは私としたことが……ご主人様の前でなんてはしたない格好を……」

かあああっと顔を一瞬で真っ赤に染めたカルセドニアは、慌てて辰巳のベッドから降りると、そのまま一目散に開け放たれていた扉から外へと飛び出していった。

その際、彼女の形のいい尻がふりふりと揺れるのが薄布越しに透けて見えて、辰巳の目が思わず釘付けになる。

そして、そんな辰巳を見て上機嫌そうに微笑む老人。

辰巳は老人の視線に気づき、先程のカルセドニアに負けないくらい真っ赤になった。

「ほほほ、婿殿もしっかり男のようじゃの。いやいや、男ならば今の反応は当然じゃて。逆に儂は安心したぞ？　婿殿が儂の孫娘に男として反応してくれたからのぅ」

老人の穏やかな笑い声が、地下室の中に響き渡った。


「まずは自己紹介といこうかの。儂の名はジュゼッペ・クリソプレーズという。この国……ラルゴフィーリ王国のサヴァイヴ教団において、最高司祭の位を仰せつかっておる者じゃ」

「さ、最高司祭……？」

思わず目をぱちくりと見開いて、辰巳は目の前に腰を下ろしたジュゼッペという老人をまじまじと見た。

今、彼とジュゼッペは例の地下室から、この応接室のような部屋へと場所を移している。

柔らかくて座り心地の良いソファに、細かな彫刻の入った高価そうなテーブル。部屋の中には品の良い調度品がちらほらとあり、これまた高価そうな花瓶には落ち着いた感じの綺麗な花が活けられていたりして、この部屋がそれなりの身分の人物をもてなすための部屋だということは一目で知れた。

地下室――思った通りやっぱり地下室だった――からこの応接室まで、黙ってジュゼッペの後に従った辰巳。どこをどう歩いたのか正直ほとんど覚えていないが、ここに到達するまでかなりの距離を歩いたことから、今彼らがいる建物がかなり大きなものであることが推測される。

しかも、途中の廊下には全て毛足の長い絨毯《じゅうたん》が敷かれ、ごみらしきものは全く見当たらなかった。

余程念入りに掃除がなされているらしい。

途中で窓らしきものはなかったので外の様子は分からなかったが、今いる応接室の窓からは明るい光が差し込んでいることから、少なくとも夜ではないと判断した。もっとも、この異世界らしき場所に夜があればの話だが。なんせ見ず知らずの異世界なのだ。だとすれば、夜のない年中昼間の世界があったって不思議ではないだろう。

思わずそんなことを考えていた辰巳の前のテーブルに、ことりと音を立てて陶器らしきカップに淹《い》れられたお茶が置かれた。

「どうぞ。熱いのでお気をつけくださいね」

「は……あ、あの……どうも……」

置いてくれたのは二十代半ばほどで長身の、バルディオと名乗った男性だった。彼はにっこりと微笑みつつテーブルから離れると、一礼を残して部屋から退出していった。

彼の着ていた服もまた、ジュゼッペとよく似た意匠《いしょう》のものだった。ただ、ジュゼッペに比べると刺繍などの装飾が少ないことから、それなりの地位ではあるもののジュゼッペほどではないだろうと推測される。

おそらく、ジュゼッペの秘書のような立場の人物なのだろう。ジュゼッペと辰巳の会話をあえて聞かないため、用件だけ済ませてさっさと退出したようだった。

勧められたお茶を、折角だからと辰巳は口にした。口腔《こうくう》に広がるその味と香りは、何となくジャスミン茶に似ていた。

おそらく、これがこの世界、もしくはこの国の一般的なお茶なのだろう。しかも最高司祭という高そうな身分の人物が客人に対して供するようなお茶だ。きっと高級茶葉を使用しているに違いない。

勝手にそう判断した辰巳は、折角だからとゆっくり味わいながら出されたお茶を飲む。そして、そんな彼の様子をジュゼッペは楽しそうに眺めていた。

「では、婿殿に詳しい話をしたいところじゃが……カルセの奴はまだか？」

ジュゼッペが長い髭をしごきながら、この部屋から外へと続く扉をちらりと見る。

確かに彼の言う通り、この応接室に到着してからかなりの時間が経っている。辰巳は反射的に腕時計に目を落とした。

この腕時計は、ついいつもの癖で起き抜けに腕に巻いたものだった。そのため、今回の召喚にこの腕時計も巻き込まれたのだ。

彼と一緒に召喚されたのは、ベッドと召喚の時に手にしていた父の形見のアコースティックギター、そしてズボンのポケットに入っていた旧式のガラパゴス携帯。それ以外には、今着ている部屋着用のトレーナーとジーンズぐらいだ。

辰巳が左腕の時計を覗き込めば、ジュゼッペがひょこりと片方の眉毛を跳ね上げて、興味深そうに身体を前のめりにしてくる。

「のう、婿殿や。それは一体何かの？」

まるで新しい玩具を前にした子供のように、妙にきらきらとした目で腕時計を見るジュゼッペ。

そんなジュゼッペに辰巳も相好を崩しながら、腕から時計を外して彼に差し出した。

「これは腕時計と言って、時間を計る道具です。俺がいた世界では、一般的な日常生活で用いる道具ですね」

「ほう、これが時計とな？　これまたえらく小さくて変わった形をしておるのぉ」

ジュゼッペは、興味深そうに受け取った時計を眺める。

こちらの世界にも時計に類するものはあるとのことだが、せいぜい砂時計か日時計ぐらいしかないらしい。

辰巳の腕時計は、光蓄電式のクロノグラフで、高校の合格祝いに妹から贈られたものだ。

例の事故の時も左腕に装備していたのだが、いくつかの細かい傷はついたものの、奇跡的に壊れることなくこうして今も動いている。

「ふむ……なにやら針のようなものが幾つかあるの……見たところこれで時間を計るようじゃが、動いているのは一番細い針だけのようじゃのう……」

「俺のいた世界では、一日をまず二十四等分にしまして、それを更に六十で割り、そこから更に……」

辰巳は、彼の世界の時間について説明した。それをジュゼッペが目を丸くしながら聞いている。

「ほう……婿殿のいた世界では、なぜゆえそんなに細かく時間を区切るのじゃな？　何かそうする必要があって区切っているのじゃろう？」

「なぜって……」

尋ねられた辰巳は、思わず言葉に詰まってしまった。

日頃から疑問に思うことなく受け入れていた、一日が二十四時間、一時間が六十分などという時間の常識。それをこうして改めて尋ねられても、どうしてそうなっているのか答えることはできない。

地球の時間の概念が、いつ頃どこで定められたのか辰巳は知らない。でも、これまではそんなことは関係なく、ただ常識として受け入れてきた。だが、当然ながらこちらの世界ではそんな常識は通用しない。

間違いなく異世界なのだ、ここは。

それまでの常識が全く通用しない世界に来たということを、改めて感じた辰巳だった。

サヴァイヴ神殿の聖女

ラルゴフィーリ王国の王都、レバンティス。

その王都の中央には国王とその家族が暮らす王城があり、それを取り囲むように街並みが広がっている。この街に暮らす住民の数は約四万人とされており、ラルゴフィーリ王国の中では面積、人口共に間違いなく最大の街である。

そんなレバンティスの街並みの中に、サヴァイヴ教団の神殿はそびえ建っていた。

この世界で最も信仰されている四柱の神、四大神《しだいしん》。

それぞれの名を豊穣神サヴァイヴ、太陽神ゴライバ、宵月神《よいづき》グラヴァビ、海洋神ダラガーベといい、ラルゴフィーリ王国が存在するゾイサライト大陸では、どこへ行ってもこれらの神々の神殿や礼拝所は必ず見かけることができるだろう。

特に豊穣《ほうじょう》神サヴァイヴは、最も信者の多い神であるとされている。

豊穣を司るこの神の主な信仰者は農民たち。世界で最も人口の多い職種は農民なので、当然と言えば当然であろう。

また、豊穣を司るところから安産など出産の神としても崇められており、同時に結婚の守護神としても親しまれている。

この世界ではサヴァイヴ神の前で結婚を誓うのが一般的であり、それは王侯貴族から農民までほぼ例外なく、結婚式はサヴァイヴ神殿や礼拝所で行われ、彼の神の神官が見届け人を務める。

そのためだろうか、王都に存在する四大神の神殿の中では、一番大きくて荘厳な建物であった。

毎日数多くの信者が訪れては、サヴァイヴ神に祈りを捧げていく。そのため、昼夜問わずその門戸は開かれており、神殿の正面入り口の両脇には、神殿を守護する完全武装の神官戦士が常に目を光らせている。

そんなサヴァイヴ神殿の廊下を、カルセドニアは急ぎ足で歩いていた。

サヴァイヴ神殿の地下。王都周辺では最も魔力濃度の高い、いわゆる「聖地」として知られている場所であり、神殿でも特別な礼拝や儀式の時にのみ使用される場所である。

カルセドニアが辰巳を召喚する場所としてあの地下室を選んだのも、周囲に充満する濃い魔力の助けを借りるためだった。

地下室を飛び出したカルセドニアは、まず住み込みの神官のために用意されている宿舎の中にある自室へと向かった。

召喚儀式のために聖別した特殊な儀式服から、普段から着ている神官服へと着替えるためである。

自室へと飛び込んだカルセドニアは、手早くその神官服へと着替えを済ませる。

そして部屋に備え付けてある少し大きめの鏡で、髪型や服装に乱れがないかを点検。

この鏡はガラスを使用した高級品である。ガラスと陶器の製造は一部の炎に親しい亜人にのみ伝わっている技術であり、そのためガラス製品や陶器製品はそれだけで高価なのだ。

身だしなみにおかしなところはないことを確認したカルセドニアは、最後に首にサヴァイヴ神の聖印をかけ、急いで自室を飛び出した……のはいいが、ここで彼女はふと思い至った。

「ご主人様とお祖父様……どちらにいらっしゃるのかしら？」

こくん、と首を傾げながらカルセドニアは呟く。

辰巳が祖父《そふ》でありこのサヴァイヴ神殿の最高司祭と一緒にいるのは間違いない。

しかし、ジュセッペが客人である辰巳を地下室に留めおくとは考えづらいので、おそらくは場所を移動しているだろう。

「そうすると……応接室かしら？」

客人を案内するとなれば、その可能性が高い。とはいえ、この神殿は言わばこの国のサヴァイヴ教団の総本山。応接室も一つや二つではない。

問題は、ジュゼッペがどの応接室に辰巳を案内したかだ。

だが、それは誰かに尋ねればすぐに分かることだろう。

そう考えて、カルセドニアが歩き出した時。背後から彼女の名を呼ぶ声が聞こえた。

「カルセドニア様。最高司祭様からの伝言を預かって参りました」

頭を下げながらそう告げたのは、一人の女性神官だった。

「現在、最高司祭様はお客人と共に第三応接室にいらっしゃいます。カルセドニア様の準備が整い次第、第三応接室に来るように、とのことです」

「第三応接室ね。分かったわ、ありがとう」

カルセドニアは女性神官に礼を言うと、すぐに第三応接室を目指して歩き出す。

彼女が応接室を目指して歩く途中、何人もの神官とすれ違う。

すれ違った者のほとんどが、陶然とした表情を浮かべてカルセドニアを見つめる。

《聖女》の二つ名をもつカルセドニアを知らない者など、この神殿には一人もいない。それどころか、レバンティスの街の住人ならば半分以上が彼女の顔を知っているだろう。

《聖女》の二つ名を持つカルセドニアを知らない者など、この神殿には一人もいない。それどころか、レバンティスの街の住人ならば半分以上が彼女の顔を知っているだろう。

類稀《たぐいまれ》な魔術の素養と常人を遥かに上回る内包魔力。そして〈聖〉系統、特に治癒系と浄化系の魔法の優れた使い手であり、飛び抜けたその美貌から、カルセドニアはいつの頃からか《聖女》と呼ばれるようになっていた。

今もたまたま廊下を歩いていた二人の下級神官が、前から歩いてきた彼女に道を譲りつつ頭を軽く下げながらも、すれ違う彼女に憧憬《どうけい》の念の篭った視線を向けた。

「ああ……カルセドニア様はいつも本当にお美しい……」

「それには俺も激しく同感だが……だけど、今日のカルセドニア様は妙に嬉しそうじゃなかったか？」

「あ、おまえもそう思った？　うん、俺もそう感じたな。妙にうきうきとした様子だったし」

「何かいいことでもあったのかな？　でも……」

「ん？　どうした？」

「あのカルセドニア様があそこまで浮かれた様子を隠そうともしないなんて……一体、どんなことがあったんだろう？」

互いに首を傾げ合う下級神官たち。

彼らがそう感じるほどに、今日のカルセドニアの足取りは弾むように軽かった。


その足取りと同じように、今のカルセドニアの心はとても弾んでいた。

彼女が物心つく頃から、ずっと彼女の心の中にいた男性。その男性のことは片時も忘れたことはない。

その男性と遂に再会できたのだ。カルセドニアの心が弾むのも無理の無いことだろう。

辰巳にも言ったように、彼女には前世の記憶が残っている。どうしてそんなものが残っているのかは分からないが、前世の記憶があるのは間違いないのだ。

この世界では、人は輪廻《りんね》転生するものだと信じられている。

そのため、生まれ変わったことは不思議だとは思わない。たとえ、小鳥から人間に生まれ変わったとしても。だが、前世の記憶があるのは極めて稀だろう。少なくとも、カルセドニアは自分以外に前世の記憶を持つ者に出会ったことはない。

だが、彼女にはそんなことはどうでもいいことだ。重要なのは、彼女が彼のことを覚えていることであり、以前の彼との生活がとても幸せだったという事実。

彼のことを思い出したのはもう何年前だろうか。それ以後、カルセドニアは彼と再会することを悲願としてきた。

そのために、もう何年も前から召喚儀式について研究してきた。もちろん、自分の魔法使いとしての実力を高める努力を怠ったことは一日もない。

これから、辰巳と会ってなぜこの世界に呼び寄せたのか、その説明を彼にしなければならない。

もしかすると、その説明をすることで自分は彼に嫌われるかもしれない。恨まれるかもしれない。

彼を一方的にこちらの世界に呼び寄せたのだ。それはつまり、何の許しもなく彼にそれまでの生活を捨てさせたということである。

彼に嫌われる。そう考えるだけで思わず足が竦《すく》みそうになるが、それでも、こうして彼と再会できたことは彼女にとって至上の幸福だった。

当時――生まれ変わる前の彼女はとても小さかったが、それでも彼女は彼が大好きだった。

彼の傍に寄り添っているだけで幸せだった。彼さえいてくれれば、他に何もいらないと思えたほどだ。

一緒に育ち、一緒に暮らし、いつだってどこだって一緒だった。

彼のことを想い、実に幸せな気分で歩いていたカルセドニア。そんな彼女を、不意に呼び止める者がいた。

「おお、これはこれはカルセドニア殿。まさか、本日あなたにお会いできるとは思いもしませんでした。やはり、これは婚姻《こんいん》を司るサヴァイヴ神のお導きでしょうか？」

そう言って慇懃《いんぎん》に腰を折ったのは、身なりのいい青年だった。

確か伯爵位を持つ貴族の嫡男で、これまでに何度もカルセドニアに求婚をしてきた人物だ。

彼はカルセドニアの近くまで歩み寄ると、彼女の足元に跪《ひざまず》いて彼女の手の甲にそっと唇を落とす。

少々ぶしつけなこの行為に、カルセドニアは思わずその美しい眉を寄せるが、当の伯爵の嫡男はそれに気づいていない。

正直に言うと、カルセドニアはこの人物の顔は覚えているものの、名前までは覚えていなかった。なんせこれまでに彼女に求婚してきたのは、目の前のこの男性だけではないのだ。

彼女の祖父であるサヴァイヴ神殿最高司祭の元には、連日のように彼女に対する求婚が舞い込んでくる。中には、王位継承権を持つような人物もいるほどだった。

だが、それらの申し込みをジュゼッペは全て断っている。もちろん、ジュゼッペがカルセドニアの胸の内を知っていて、その想いを尊重しているからである。

神殿とは神に仕える組織であり、国に属するものではない。そのため、王権といえども神殿には及ばないのである。

そのため、神官などの神に仕える者は、王の前に出ても頭を下げる必要はない。とはいえ、これはあくまでも建前なので、実際には神官といえども王の前に出れば跪くのが通例である。

今回、ジュゼッペはその建前を盾にして、王族や貴族からの求婚を全て断っていた。カルセドニア自身も司祭の位を持つ神官なので、相手が王侯貴族とはいえ強引に婚姻をねじ込むことはできないのだ。

しきりに彼女のことを誉《ほ》め称える男性の言葉を、カルセドニアは適当に聞き流した。

彼女としては、一刻も早く辰巳の元へと向かいたいのだ。それなのに、この男性はあれこれと話を長引かせて彼女の足を引き止め続ける。

最初こそ彼女の美しさやその偉業を誉めていたが、いつの間にか話は自分自身の自慢にすり代わっていた。はっきり言って、聞いていてもおもしろくもなんともない。

こんな詰まらない話に付き合うより、早くご主人様の元に行きたいのにっ!!　心の中でそう叫びつつも、外見上は微笑みを浮かべて彼の話に相槌を打つ。

そんな無駄話が更に続き、いい加減カルセドニアの苛立ちが限界に近付いた時。

彼女たちの元に、一人の人物が近寄ってきた。

「カルセ」

親しげにカルセドニアのことを愛称で呼ぶその人物。カルセドニアはその人物を見て顔を輝かせ、伯爵の嫡男は逆にその表情を引き攣らせた。

「モルガー」

「こ、これは《自由騎士》……い、いや、モルガーナイク殿……」

すらりとした長身に引き締まった体つきの、精悍《せいかん》ながらも極めて整った容貌の若い男性で、赤い髪と赤茶色の瞳が印象的だった。彼は神官服ではなく板金製の鎧を身に纏《まと》って、腰には長剣を佩《は》いている。そして、その鎧の胸にはサヴァイヴ神の聖印が刻まれていた。

聖印の刻まれた鎧。それは神官戦士の証だ。

神官戦士とは、神殿とそれに属する神官を守護する戦士のことである。

先述したように、神殿と神官は国に属さない。よって、有事の際でも国の助力は当てにできないのだ。

そのため、神殿は自分たちを守るための独自の戦力を有する。それが神官戦士である。

もっとも、これもまた建前であり、例えば神殿に強盗などが押し入った場合、国は神殿の許可を得た上でその取締や調査を行うだろう。

「こんな所で何をしている？　クリソプレーズ猊下《げいか》がお待ちだぞ」

「分かったわ、モルガー」

親しそうにモルガーと呼んだ男性に答えると、カルセドニアは改めて伯爵の令息へと向き直った。

「申し訳ありません。祖父が……いえ、クリソプレーズ最高司祭様がお呼びなので、これにて失礼させていただきますわ」

と、優雅に腰を折る彼女に、伯爵の嫡男もこれ以上引き止めるのは無理だと悟ったようだ。

「いやいや、クリソプレーズ猊下の御用ならば致し方ありませんな。では、後日またお会いしましょう」

そう言い残し、モルガーナイクにも一礼してようやく立ち去った男性に、心の中で舌を出しつつカルセドニアはモルガーナイクに声をかけた。

「ありがとう、モルガー。お陰で助かったわ。本当にあの人、いろいろとしつこくて……」

「気にするな。それよりも猊下が待っているのは本当だ。早く猊下の元へ行った方がいいのではないか？」

「あ！　大変！　私としたことが、ご主人様をお待たせしてしまうなんて──」

慌てた様子でカルセドニアが歩き出す。

かなりの速度で歩み去る彼女の背中を、モルガーナイクは立ち止まったまま、ある種の想いを秘めた視線でずっと見つめていた。

呼ばれた理由

「遅くなって申し訳ありません！」

辰巳とジュゼッペが待つ第三応接室に入ったカルセドニアは、開口一番にそう謝罪して深々と頭を下げた。

「何をしておったんじゃ？　婿殿が待ちくたびれておるではないか」

ほっほっほっと穏やかに笑いながら、ジュゼッペが孫娘を窘《たしな》める。

「あ、いや、ジュゼッペさんとの話が結構楽しかったから、別に待ちくたびれては……」

「ほ、本当ですか？　よ、良かったぁ……」

豊かな胸元に手を当てて、カルセドニアは安堵の溜め息を零す。

そんな二人のやり取りを微笑ましそうに見つめながら、ジュゼッペはカルセドニアに自分の隣に腰を下ろすように命じた。

「さて、カルセも来たことじゃし、詳しい話を始めようかの」

ジュゼッペの言葉に、辰巳は改めて居住まいを正す。

自分が異世界に呼ばれたことは疑っていない。問題なのは、どうして呼ばれたのかだ。

まさか勇者になって魔王を退治してくれ、なんてベタな理由じゃないだろうな、と内心で思いつつジュゼッペの話に耳を傾ける。

「まずは、ラルゴフィーリ王国へようこそ、婿殿。儂と孫娘のカルセは、心より婿殿の来訪を歓迎しよう」

「あ、い、いえ、その……ありがとうございます……？」

辰巳は何と返事したらいいのか困って、思わず礼を述べてしまった。そんな彼の反応がおもしろかったのか、ジュゼッペとカルセドニアは揃って笑いを零した。

「そして、同時に婿殿には最大の謝罪を。なんせ我らは一方的に婿殿をこちらへと招いてしまったからの。本当に申し訳ない」

ジュゼッペとカルセドニアは、今度は二人揃って深々と頭を下げた。

「い、いえ、そ、そんな……ふ、二人とも頭を上げてください……っ‼」

「ですが……私たち……いえ、私は、ご主人様の都合を顧みることもなく、一方的にこちらに呼び寄せてしまいました。私はご主人様に、これまでの生活を強引に捨てさせてしまったのですから」

頭を下げたままのカルセドニアにそう言われて、辰巳ははっとした表情を浮かべる。

彼女の今の言い方からして、おそらく召喚したのはいいが元の世界に戻る方法はないのだろう。

だから「これまでの生活を強引に捨てさせてしまった」と、カルセドニアはそう言ったのだ。

「で、ですが、やっぱり今は頭を上げてください。そして……教えてもらえませんか？　どうして……どうして俺を異世界へと召喚したのか……その理由を」

送り返す方法がないと知りつつ、一方的に呼び寄せることに罪の意識を感じてまで、彼を召喚したその理由。それを辰巳は知りたかった。


辰巳に言われて、ようやく頭を上げたジュゼッペとカルセドニア。

そしてその二人の対面《といめん》で、じっと彼女たちを見つめる辰巳。

しばらく応接室の中に無言の時間が流れる。と、不意に窓の外から大きな音が響いてきた。

りんごん、りんごんと何度も鳴らされる鐘の音。サヴァイヴ神殿のどこかに設置された時を告げる鐘だ。よくよく耳を澄ませば、遠くからも似たような音が聞こえてくる。おそらくは他の神殿でも同じように鐘が鳴らされているのだろう。

聞こえた鐘の音は三回。鐘の音が鳴り止むと同時に、それを契機にしたかのようにカルセドニアが口を開いた。

「…………私がご主人様をこちらの世界に招いた理由……その、最も大きな理由は……わ、私がどうしても、もう一度ご主人様とお会いしたかったからです」

桜色に染めた両の頬に左右の手を添え、カルセドニアは恥ずかしそうにそう告げた。

「え……？　そ、それだけ……？」

思わずぽかんとした表情を晒《さら》す辰巳。

だが、わざわざ異世界に召喚されたその理由が「もう一度会いたかったから」だと聞かされれば、誰だって彼と同じような表情を浮かべるだろう。

それと同時に、「勇者になって魔王を倒せ」なんてありがちな理由じゃなくて、ちょっぴり安堵もしていたが。

幸せそうにやや上目使いで辰巳を見ていたカルセドニア。彼女はその表情を真面目なものへと一変させ、更に言葉を続けた。

「はい……それから……」

「…………私は…………心配でした。とてもとても心配でたまらなかったのです。あの日……ご主人様の手の中で、天寿を全うする私を見るご主人様の……あの、この世の全てに絶望するかのようなとても辛そうな表情《かお》が……私は、あの時のご主人様をどうしても忘れることができませんでした。あのまま……ご主人様がご自分で自らの命を絶ってしまうのではないかと…………それだけが心配で……心残りでした……」

カルセドニアの言葉を聞き、辰巳の身体がびくりと震えた。

チーコが彼の手の中で息絶えたあの瞬間。辰巳は世界が終焉《しゅうえん》を迎えたような気持ちになったのだ。

そして今、カルセドニアが指摘したように、自分も家族やチーコの後を追って、自ら命を絶とうとしたことが何度もあった。

実際に彼が自ら命を断たなかったのは、単にその度胸がなかったからにすぎない。

「……独り残されたご主人様のことが心配で……私は物心ついた頃より、世界を渡る魔法についてあれこれと研究してきました。幸いにも、幼かった私を今のお祖父様がサヴァイヴ神殿に引き取ってくださいました。ここには魔法に関する資料がかなり揃っていましたので、いろいろと助かりました」

「え？　引き取られた……？」

「うむ。とある理由があっての。儂はこの娘《こ》を幼い頃に養女として引き取ったのじゃよ」

養女としてジュゼッペに引き取られたカルセドニア。彼らの本来の関係は「養父」と「養女」なのだが、年齢が離れているために互いに「祖父」と「孫娘」として接し合っている。

補足してくれた祖父に感謝の微笑みを向けてから、カルセドニアは辰巳に向き直って更に続けた。

「最初は、私がご主人様の世界へと渡るつもりでした。ですが、どれだけ探しても私が世界を渡るための術式も儀式も、文献や記録などの資料にはなく……結局見つかったのは……」

「……自分が俺の世界に行くためのものじゃなく、逆に俺を召喚する儀式の方法だった……？」

確認するように尋ねた辰巳に、カルセドニアは小さく頷いた。

彼女が探したのは、サヴァイヴ神殿の書庫だけではない。

サヴァイヴ神殿の最高司祭という祖父の力添えで、王城の書庫などありとあらゆる場所で資料を探し求めた。だが、それでも見つかったのは、辰巳をこちらの世界に召喚する儀式の資料だけだったのだ。

「……ですが、この際それでもいいと思いました。ご主人様にしてみれば、私はご自分を一方的にこちらの世界へと呼び寄せ、それまでの何もかもを捨てさせた張本人。それが理由でご主人様に恨まれても嫌われても構わない。それでも、私はご主人様ともう一度お会いしたかったのです……」

そして、ご主人様のことが心配だったのです、と小さな声でカルセドニアは続けた。

「のう、婿殿や」

カルセドニアの説明が終わった後、しばらく彼らの間を静寂が支配していた。

その静寂を破り、今度はジュゼッペが辰巳の顔を見つめた。

「今度は儂の方から少し尋ねてもいいかの？」

「あ、はい、俺で答えられることなら……」

「では……お主、妙に落ち着いておるが……それはどうしてじゃ？」

「は、はい？」

困惑した表情で、辰巳はジュゼッペを見返す。

今の彼はそれまでの好々爺としたものではなく、どこか威厳のようなものを感じさせる鋭い視線を辰巳へと向けていた。

「普通、突然見知らぬ世界に呼ばれたとなれば、もっと取り乱すものではないかの？　じゃが、お主はそうしなかった。確かに困惑しておるようじゃが、決して取り乱したりはせず、それどころか妙に落ち着いておる……それはなぜじゃ？」

「え、えーっと……」

辰巳は少々顔を赤くしながら、うろうろと視線を彷徨《さまよ》わせた。

やがてちらりとカルセドニアを一度だけ見てから、その視線はジュゼッペへと向けられた。

「……そ、その……こちらの世界に来て、い、いきなり彼女みたいな綺麗な女の人に、そ、その、だ、抱きつかれたりしたものだから……そ、それどころじゃなかったと言いますか……そ、それより……」

辰巳の目が、再びちらりとカルセドニアを見る。

「……彼女が……カルセドニアさんがチーコだって分かったから……ま、まあ、それに関しては、正直言うと完全に信じきれないのも事実ですが……彼女がチーコの生まれ変わりというのが本当なら、俺はカルセドニアさんを恨むどころか逆に感謝したいほどです。もう一度チーコに……姿形は変わっても、もう一度彼女に会うことができたのですから……」

「ご、ご主人様……」

カルセドニアがチーコの生まれ変わりであることを、辰巳はもうほとんど信じていた。実際に彼女は、彼とチーコしか知らないような事実をいくつも知っていたし、何より彼女の雰囲気からチーコと通じるものが多々感じられるのだ。

そんなカルセドニアを、真っ正面からじっと見つめる辰巳。そして、辰巳に真っ正面から見つめられて感きわまった表情を浮かべながら、その真紅の双眸《そうぼう》に再び透明な雫を浮かび上がらせるカルセドニア。

ジュゼッペはそんな二人を満足そうに見つめ、ほっほっほっと朗らかな笑い声を上げた。

「婿殿の心境はよう分かった。でも、お主は元の世界に未練はないのかの？」

「はい。あちらの世界に未練なんてありません」

愛する家族も、親しい友人も、そして何よりチーコのいない元の世界。今のそこに辰巳の後ろ髪を引くような存在は何もない。

ジュゼッペの言葉に、辰巳は確信を秘めた表情ではっきりと頷いた。


応接室の扉を外から誰かが叩いた。

それに反応したジュゼッペが誰何《すいか》すれば、扉の向こうから年若い女性の声がした。

「お客様との会談中に申し訳ありません、猊下。こちらにカルセドニア様はいらっしゃいますでしょうか？」

「はい。私ならここにいますが？」

「間もなく説法のお時間です。既に礼拝堂には信者の皆様がお集まりになっておいでです」

「そういえば、先程三の刻の鐘が鳴りましたね。分かりました、すぐに行きます」

扉の向こうの女性にそう答えたカルセドニアは、立ち上がって辰巳とジュゼッペに一礼した。

「では、お祖父様、ご主人様。私はお勤めがあるので、これで一旦失礼致します」

「うむ。神に仕えるものとして神の声の代弁は大切な務め。ゆめゆめ軽んじてはならぬぞ？」

「じゃあチーコ……って、さすがにチーコのままはまずいか……えっと……」

「いえ、チーコで結構です。私としても、ご主人様からはそう呼んでいただきたいですから」

そう言うと、カルセドニアは再びぺこりと軽く頭を下げてから退出していった。その際、彼女の頬がちょっぴり上気していることに、祖父であるジュゼッペはしっかりと気づいていたが、いつものように微笑むだけであえて言葉にはしなかった。

応接室を後にしたカルセドニアは、呼びに来た女性神官を背後に従えて、信者たちが待っている礼拝所を目指して歩き出す。その途中で。

「あ、あの……カルセドニア様……？」

「え？　なぁに？」

にこにことした明るい表情で、カルセドニアは背後の女性神官を振り返る。

「今日はその……なんと申し上げていいのか……何かいいことでもありました？」

不思議そうな顔の女性神官。

普段の彼女はどちらかというと寡黙な方で、その美しい顔に浮かぶ表情に際立った変化はあまり見られない。

常に微笑を湛え、誰にでも同じような態度で接する。そして、今日これから行われるような信者に対する説法の時などは、厳しいほどに凛とした態度で神の言葉を代弁するのだ。

そのどこか刃物を思わせる凛々しい姿もまた、彼女の信奉者たちが憧れの視線を向ける理由の一つなのだが、今日の彼女はそうではなかった。

いつも以上ににこにことし、歩く足取りもまるで弾むかのよう。

その女性神官とカルセドニアは、特別親しいというわけではないものの、時にちょっとした雑談を交わす程度には親交がある。その彼女から見ても、今日のカルセドニアは明らかに浮かれていた。

いや、浮かれすぎていた。

だから、女性神官は先程のような問いを彼女に向けたのだ。

そして、普段の凛としたカルセドニアからは想像もできないような——まるで、恋する乙女のような恥じらいを見せながら、カルセドニアは彼女の質問に答えた。

宿る熱でその紅玉《ルビー》の如き両の瞳を潤ませつつ、桜色に上気する頬を両手で包み込むようにして。

それでいて、その視線はここではないどこか遠くへと向けながら。

「だって……あの方が私のこと受け入れてくださったんですもの。し、しかも……それだけではなく……そ、その……私のことを綺麗だって……」

桜色の雰囲気を全身から振り撒きつつ、ぐりんぐりんと身悶えするカルセドニア。

そんな彼女を目の当たりにして、女性神官は若干引きつつもこう思った。

——いけない。今の彼女をこのまま信者の前に出したら、きっとまずいことになる。主に……信者たちの幻想の崩壊とかその辺りが。

と。

過去

その少年の姿を初めて見たのは、一体何歳の時だっただろう。

ようやく物心がつき始めた頃だから三歳か四歳、それぐらいだったのではないだろうか。

ある日の夜に見た夢の中で、自分よりも少し年上と覚しきその少年は、きらきら輝く黒曜石のような黒い瞳で自分を見ていた。

『さあ、チーコ。ごはんだよー』

にっこりと微笑みながら、その少年は白い匙のようなもので、小さな穀物らしきものを自分へと差し出した。

――え、なに？　わたしにこんなものをたべろというの？

水でふやかされ、少しどろりとした穀物。どう見ても美味しそうには見えない。

だけど夢の中の自分は、それを至上の喜びとばかりに嬉しがってがつがつと食べていく。

夢なので味までは分からないが、それを食べた自分が凄く満たされた思いを抱いたのが、彼女にははっきりと感じ取れた。

そして、穀物を食べた自分を見て、黒い瞳の少年もまた幸せそうに微笑んでいた。

何となく、少年のその幸せそうな顔をもっと見ていたくなって。彼女は差し出される穀物をお腹が一杯になるまで食べ続けた。

数多く集まった信者たちを前にして、カルセドニアは壇上で熱心に神の言葉を代弁する。教典などに記されている戒律や神の言葉。それらを信者に語って聞かせるのは、神に仕える神官たちの大切な仕事の一つである。

この世界――カルセドニアが辰巳を呼び寄せた世界に暮らす人々の大半は、文字を書くことも読むこともできない。そのため、神の教えを伝えるためには、こうして神官が口頭で語って聞かせなくてはならないのだ。

もちろん、この説法を行うのはカルセドニアだけではなく、持ち回りで他の神官や司祭たちも行う。だが、彼女が説法を行う時は、今日のように常に多くの信者たちで神殿の礼拝堂は埋め尽くされる。

彼らの目的は、神官が語るありがたい神の言葉を聞くことである。だが、それ以外の目的で礼拝堂へと足を運ぶ者もいた。

礼拝堂の一番奥。礼拝堂全体が見渡せるように少し高くなった演説壇で、厳かな雰囲気で神の言葉を代弁する《聖女》の姿を一目見ようと、彼女が説法の当番の時は常以上の信者たちが集まるのだ。

だが、いつものように《聖女》の姿を一目見ようと集まった信者たちは、軽い困惑を覚えていた。

普段ならば厳粛《げんしゅく》な雰囲気を纏いながら、淡々と神の言葉を代弁する《聖女》。だが、今日はちょっと様子が違っていた。

それからも、時々その少年の夢を見た。

何度もその夢を見ている内に、夢の中の自分が凄く小さな存在だと気づいた。おまけに、どうも自分は人間でさえないようだった。

少年の掌に乗せられ、彼の目の高さまで持ち上げられる。そして、彼が差し出した何かの種のようなものを、自分は嬉しそうにその嘴《くちばし》で啄《ついば》む。

そう。夢の中の自分はどうやら小鳥らしい。銀に近い灰色の羽毛で、頭の上にひょこんと何かが飛び出しているらしく、頭を振るとそれがふらふらと揺れる感覚がある。

少年が差し出した種を器用に嘴で割り、種の中味だけを食べる。そして、自分は「ひょえー」と嬉しそうな声を上げるのだ。

「美味しかった、チーコ？」

少年が笑いながら声をかけてくる。「チーコ」というのが夢の中の自分の名前らしい。

少年はいつも一緒にいてくれた。

少年の肩の上で。少年の手の上で。少年の頭の上で。夢の中の自分は常に少年の傍にいた。

実際の自分が年を重ねていくにつれ、時々夢の中で出会う少年もまた、年を重ねていくようだった。

そしていつしか。彼女は夢の中の少年に恋心を抱くようになる。

いつも傍にいてくれて、心の中を温かいもので満たしてくれる少年に、彼女は徐々に惹かれていったのだ。

そして時は流れて、実際の彼女の年齢が十歳に近くなった時。突然、彼女は悟った。

時々見る少年の夢。あれが夢などではなく、かつての自分が体験した過去であることを。自分は夢という形で、過去の自分を追体験しているのだ、ということを。

それを契機に一気に甦《よみがえ》る過去の記憶。中でも、天寿を迎える直前の自分を、この世の終わりのような顔でじっと見つめる少年——自分の飼い主であり自分の主人である少年の顔が、激しく彼女の心を揺さぶった。

いつものように壇上から説法をするカルセドニア。だが、今日はなぜか様子がおかしかった。

いつもなら凛とした佇まいを崩すことなく、《聖女》は流れる水のように絶え間なく神の言葉を代弁する。その美しくも凛々しい姿に、彼女自身の信者たちは熱い眼差しを注ぐのだが、今日は困惑の視線を向けていた。

普段は表情を変えることもなく、淡い微笑みを浮かべたままとうとうと説法をするはずの彼女が、今日はどこか熱に浮かされたような妙に潤んだ瞳に陶然とした光を浮かべ、途切れ途切れに神の言葉を代弁していた。そして時折その愛らしい唇から零れ出るのは、胸に秘めた熱い想いが宿るような艶めかしい溜め息だった。

そんないつもと違う《聖女》の姿を、信者や同僚たちは首を傾げながら不思議そうに見つめる。中には今日の彼女が纏う妙な色気に、いつも以上に心を奪われる信者もいたりしたが。

そんな視線がいくつも注がれる中、カルセドニアの心の中は、文字通り夢にまで見、そして遂に再会した一人の青年——この国では彼の年齢ならば立派な青年として扱われる——のことで完全に埋め尽くされていた。


彼女の心に湧き上がったのは、二つの思いだった。何とかしてもう一度彼——最愛のご主人様と再会したいという思いと、自分という存在を失うことで彼が抱えることになる大きな絶望に対する憂い。

だから、彼女は決意した。何とかして魔法を覚え、それを用いて彼の元へ舞い戻ろうと。

今の彼女のいる世界には、魔法という技術が存在する。それを用いれば、彼の元へと行けるのではないか、と幼い頃の彼女は安直に考えたのだ。

この時の彼女はまだ知らない。世界を越える魔法は確かに存在するが、既に忘れられて久しく扱いも極めて難しい伝説級の大魔法であることを。

それを知らない幼い彼女は、まず両親に相談した。

これまでも、夢の中の少年のことは両親に話していた。

彼女の両親は、夢の中の少年に淡い恋心を抱く娘を、最初こそは微笑ましげに見守っていた。だが、いつまで経っても彼女が夢の中の少年のことばかり話すので、次第に気味悪く感じ始めていたのだ。そこへ、突然その娘が魔法を覚えたいと言い出した。しかもその理由を聞けば、またもや夢の中の少年のためだという。

両親はとうとう娘が気がふれてしまったと思い、娘を捨てることを決意する。

彼女とその両親が暮らしていたのは、ラルゴフィーリ王国の中でも辺境に位置する寒村であった。そんな辺境の小さな村でおかしな噂を立てられてしまえば、娘だけではなく家族全体が村から汚いものを見る目で見られかねない。

だから両親は、娘に夢の話は外でするなと言い含めておいた。それでも幼い子供でしかなかったその頃の彼女は、その言いつけを守らずに時々他の村人にも夢の話を聞かせていたようだった。

徐々に余所余所しくなる村人たちの態度。それらがあって、両親は娘を捨てることにしたのだ。

さすがに愛娘を奴隷などに売り飛ばすことはしのびなく、たまたま通りかかった旅の司祭に娘を預けることにした。

司祭になけなしの蓄えであった金銭を提供し、どこか他の町で孤児院のような所に引き取ってもらえるように頼み込む。娘に対しては、こんな田舎の村では魔法の勉強などできるわけがないから、もっと大きな町で魔法の勉強ができるように旅の司祭様に頼んだのだ、ともっともらしいことを言って。

そして、彼女は旅の司祭に手を引かれ、誰も見送りのないままに生まれ故郷の村を後にした。

その道中、司祭は彼女とはまともに口もきかなかった。彼女の両親から彼女が気がふれていると聞いていたので、まともに相手をする必要もないと考えていたのだ。

最低限の食事と休憩だけを彼女に与えて、司祭は旅を続けた。そうして辿り着いたのが、ラルゴフィーリ王国の王都、レバンティスの街である。

この司祭は、レバンティスの街のサヴァイヴ神殿に所属する者で、彼はとある町で執り行われたその村の有力者の息子の結婚式の立会人として、王都レバンティスから呼ばれたのだ。

地方の有力者の結婚式などでは、その者の財力や権力などを見せつける手段として、今回のように中央の神殿からわざわざ司祭を呼び寄せ結婚式の立会人を頼むことがある。

彼の今回の旅もまた、そんな地方の有力者からの依頼であった。その帰り道で、彼は彼女を託されたのだ。

レバンティスの街に戻った司祭は、そのまま幼い彼女を小間使いとして教会に放り込んだ。

彼女の両親から託された金銭には、彼女の食費や宿代などの意味も含まれていた。だが、道中でそれを最低限しか使わなかった司祭の手元には、それなりの額の金銭が残ることになった。

そのことにこっそりとほくそ笑みながら、司祭の記憶から彼女のことが消えるまでそれほどの時間は必要なかった。

教会には彼女と同じような境遇の子供たち――何らかの理由で家族を失った者や、家族に捨てられた者がいた。そんな子供たちの中に紛れ込んだ彼女のことなど、司祭には何の興味もなかったのだ。

だが、このことが結果的には彼女には幸いとなった。

なぜなら、神殿の小間使いとして働いていた彼女は、偶然にもこの神殿の最高司祭の目に留まり、彼女が秘めたその希有なる魔法の才能を最高司祭に見出されたからだ。


「……そんなことが……」

ジュゼッペからカルセドニアの生立ちを聞き、辰巳は呆然としながらそんな言葉を零した。

「ああ見えて、あの娘《こ》もいろいろと苦労してきたのじゃよ」

ジュゼッペがカルセドニアを養女として迎えるまで。それは辰巳が想像していたよりも、遥かに重いものだった。

辰巳とジュゼッペはカルセドニアが説法のために退室した後も、応接室に残って話を続けていた。

「儂の養女となった後も、あの娘はそれはもう努力してきた。魔法使いとしての日々の研鑽《けんさん》に、神官としての務め……それ以外にもいろいろとな。あの娘は何年もそれらの全てを手を抜くことなくこなし……とうとうその悲願を達成させたというわけじゃ」

王城の書庫の片隅に埋もれていた召喚儀式を復活させ、何年もかけて準備をし、遂には辰巳の召喚に成功した。まさに彼女の努力の積み重ねの結果として、辰巳は今、ここにいるのだ。

「じゃからの、婿殿。お主には改めて礼を言わねばならん」

「はい？」

「婿殿は、儂の孫娘を受け入れてくれたからの。婿殿の立場としては、一方的にあの娘をなじることだってできたはずじゃし、そのことに誰も異議を唱えることはできんじゃろう」

確かに事前に何の相談もなく、いきなり異世界から召喚されれば「何勝手なことしやがったんだ」と文句の一つも言うのが普通だろう。

だが辰巳は召喚に対して文句を言うどころか、カルセドニアに感謝さえしているという。カルセドニアのことをすんなりと受け入れてくれた辰巳を、ジュゼッペは内心で大いに感心し、同時に感謝していたのだ。

「できればお主には、このまま本当にあの娘の婿殿になってもらいたいものじゃの」

ほっほっほっといつものように、朗らかに笑うジュゼッペ。だが、辰巳は笑うどころではなかった。

最初、ジュゼッペに言われたことが理解できなかった。やがて、徐々に言葉の意味が彼の脳に浸透していき、ようやく彼の言いたいことをしっかりと理解した時。

辰巳は飲みかけていたお茶を、盛大に吹き出した。


夢はそれからも、時々ではあるが続いた。

サヴァイヴ神殿の最高司祭の養女として迎えられたことで、本格的に魔法の勉強を開始することができるようになった彼女は、自身に秘められていた魔法使いとしての素質を開花させ、更にその実力を高める努力を積み上げ、同時に世界を越える方法を探した。

もちろん、神官として日々の務めを果たし、時には怪我人などに治癒魔法を施すこともあった。

そんな多忙な日々を送りながら、時々見る彼の夢――かつての記憶の追体験――は、彼女の最大の楽しみだった。

もう二度と会うことはないと思っていた大好きなご主人様と、夢の中とはいえ再会することができるのだから。

彼女の成長と合わせて、夢の中の少年も同じように成長していく。

もしかすると、自分と少年のために救いの手を差し伸べてくださった神様が、自分を少年と同じ年頃になるように転生させてくださったのかも。

幼いながらも彼女はそう判断し、サヴァイヴ神――辺境の農村ゆえに当時の彼女はサヴァイヴ神しか知らなかった――に感謝した。

夢の中の少年と自分が同じ年代ならば、やはりそれだけ親近感が増すし、その分少年に対する想いも強くなる。

夢の中で少年の――ご主人様の姿を見るたびに、彼女の彼に対する想いは日増しに強くなっていった。

しかし、夢は幸福な夢ばかりではなかった。

彼女もはっきりと覚えている。ご主人様が家族を失った時のことを。

ご主人様とその家族が、どこか遠くで大怪我をした。当時の彼女はそう理解する程度だったが、夢で改めて当時のことを思い出し、彼女は我がことのように悲しみに襲われた。

彼女のご主人様は夢の中の少年ただ一人だが、彼の家族もまた彼女は大好きだった。

彼と同様に、彼女のことを可愛がってくれた彼の家族たち。その家族が彼だけを残して一度に命を落としてしまうなんて。

当時の彼女は、彼と彼の家族と会えない日がずっと続いたという認識でしかなかったが、今なら当時の彼がどれほど酷い怪我をしたのかよく分かる。

あちらの世界には、こちらのような治癒魔法は存在しない。そのため大きな怪我をすれば、その怪我が治るまではかなりの時間がかかる。

その間、彼女の世話は顔馴染みの近所の人がしてくれた。彼の肩に乗って散歩した時など、何度も挨拶《あいさつ》をした覚えのある人物だ。

そして長い時間が経ち、ようやく彼は帰ってきた。彼一人だけが悲しみに包まれて帰ってきたのだ。

それまで家族と共に住んでいた家から、もっと小さな家に移った彼と彼女。それからだ。彼女が彼の夢を毎日見るようになったのは。

だから、彼女は準備を急いだ。彼女の記憶に残るご主人様との別離。その時はもう遠くはないだろう。自分を失った後の彼が心配で、彼女は彼を召喚する準備を急いだ。

計画よりもいくつかの手順を前倒し、最低限の休息だけを取り、遂に召喚の準備が完了した。そんな中で、夢の中ではとうとう彼と彼女の離別の時が訪れていた。

夢の中で、彼女を失った彼は深い悲しみに囚われていた。そんな彼を励ましたくて。少しでも力になりたくて。傍に寄り添いたくて。彼女は彼を召喚する儀式を始める。

儀式は、数日間に渡って不眠不休で行わなければならない。いくら彼女が魔法の才能に溢れ、年齢的にも体力があるとしても、儀式が必ずしも成功するとは限らなかった。

しかも、儀式を試みることができるのは一度きり。もしも召喚に失敗すれば、また数年かけて最初から準備をやり直さなければならない。

儀式に集中する彼女の脳裏に、彼女と死別した後のご主人の姿が浮かび上がる。

なぜ、起きている時に彼の姿がこれほどまでに明確に浮かぶのか。それは彼女にも分からない。

もしかすると、儀式を行っていることで彼との間に何かが繋がったのかもしれない。

世界に絶望し、気力を失った彼の姿は見ていて痛々しい。どんよりとした虚ろな目で、かつての彼女が入っていた小さな籠をぼんやりと眺めながら、一日中何をすることもなく過ごしているご主人様。

このままでは、彼は衰弱して死んでしまうのではないか。もしくは、悲嘆のあまりに本当に自ら命を絶つのではないか。

そんな心配に心を締め付けられながらも、彼女は儀式を進めていく。

そして。

そして、彼女の願いは彼の元へと届いた。

もう、彼女が彼の夢を見ることはないだろう。夢の中でしか会えなかった彼女の大切なご主人様は、今、現実に彼女の前に現れたのだから。

これからのこと

サヴァイヴ神殿の出入り口から、多くの信者たちがぞろぞろと出てくる。

彼らは本日、《聖女》の姿を遠目でもいいから一目見て、彼女のその可憐な声で説かれる説法を聞くため、神殿に集まった者たちだ。

その《聖女》の説法が終わり、普段なら満足そうな顔をするはずの彼らだったが、今日はいつもとは違った表情を浮かべていた。

確かにいつものように、満足そうに笑みを浮かべる者もいる。《聖女》が語った神の言葉に感銘を受け、涙ぐんでいる者もいる。中には《聖女》の美しい姿に魅了され、熱に浮かされたような表情の者もいる。だが、一番多かったのは不思議そうに首を傾げる者たちだった。

「なあ？　今日の《聖女》様……少しおかしくなかったか？」

「ああ。いつもは厳しいぐらい凛としたお方なのに、今日に限っては何て言うか……」

「……妙に色っぽくなかったか？　こ、こう……時々吐く溜め息に色がついているみたいで……」

「そ、そう！　それそれ！　いつもの凛々しい《聖女》様もいいけど、今日みたいなのもまた……」

「お、おう。今日の《聖女》様もアリだよな。でも、あの《聖女》様があんな表情をするなんて……やっぱり男関係かな？」

「そりゃあ、《聖女》様だって生身の、それも年頃の女なんだから、想いを寄せる男がいたって不思議じゃないさ。どこのどいつだか知らないが、羨ましい限りだぜ」

「そういや、《聖女》様のお相手といえば、噂では……」

「ああ、《自由騎士》様だろ？　確かにあの方なら《聖女》様とはお似合いだよな」

「美男美女だしな。絵になるというか、何というか……」

などのように、勝手な憶測を交わしながら、彼らはサヴァイヴ神殿を後にするのだった。


説法を終えたカルセドニアは、祖父と辰巳が待っているであろう応接室に戻ってきた。

ノックをしてから部屋に入ったカルセドニアの顔を、辰巳は真っ赤になりながら見つめる。

彼女の顔を見た途端、先程ジュゼッペが口にした「できればお主には、このまま本当にあの娘の婿殿になってもらいたいものじゃの」という言葉が甦ったのだ。

「どうかなさいましたか、ご主人様？」

「あ、ああ、いや、な、なんでもないよ、う、うん」

ぎくしゃくと頷きながら辰巳は言う。そして、そんな彼の様子を見て、ジュゼッペは悪戯が成功した子供のような表情を浮かべた。

「さて、カルセも戻ってきたことじゃし、婿殿の今後に関して説明しておこうかの」

自分の今後についてと言われて、辰巳もはっとした表情を浮かべる。

確かに、元の世界に未練はない。二度と帰れないと言われても、多少の望郷の念はあれども大きく落胆するほどではない。

となれば、辰巳はこれからこちらの世界で暮らしていかなければならない。

そのためには、生活するための糧を得る手段、すなわち仕事を探す必要があるだろう。

果たして、こちらの世界に高校を中退した自分にできる仕事があるだろうか。そう考えた辰巳の表情が若干暗くなる。

そんな彼の不安を見抜いたのか、ジュゼッペはまずそこから説明を始めた。

「婿殿が何を心配しておるのか大体想像はつくが、お主の今後の生活は儂らが保証しよう」

「ご主人様は、今後の生活費などは一切、お気になさらずとも結構ですよ」

「え……？」

「何を驚くことがある？　それぐらいのことをするのは当然じゃろ？　なんせお主を勝手にこちらへと招いたのじゃ。初めからそれぐらいのことは覚悟の上じゃて」

ほっほっほっと、ジュゼッペは朗らかに笑いながら続ける。

「それにの、こちらの世界のことをほとんど知らぬ婿殿に、できる仕事はどうしたって限られてくるじゃろ。まあ、こうして会話はできるので、全く仕事に就けないということはあるまいが」

そう言われて、辰巳は今更ながらにカルセドニアやジュゼッペとごく普通に会話を、それも日本語以外でしていることに気づいた。

不思議に思ってそのことを尋ねれば、どうやら召喚の儀式の中に言葉が理解できるようになる魔法も組み込まれていたという。ただし、理解できるのは会話のみなので、文字の読み書きは改めて勉強しなくてはならない。

ちなみに、辰巳たちが使用している言語は、ゾイサライト大陸全般で使われる「大陸交易語」と呼ばれる共通語である。そして、意識すれば日本語は日本語でしっかりと話すことができた。感覚としては普通に修得している二種類の言語を、意識して使い分けているのと同じだ。

「……どうせなら、文字の読み書きもできるようになっていればよかったのに……」

「も、申し訳ありません。私も過去の資料や文献を元に、それに忠実に儀式を行っただけなので……細かい調整などをすることは不可能だったのです……」

しゅんとしながら、カルセドニアが言う。

「あ、い、いや、別にチーコを責めたわけじゃなく……」

そうカルセドニアに言い訳しつつも、内心では「もしかしたら、他にも異世界転移によるお約束な能力補正があるかもしれない」などとこっそり期待していたりした。

「まあ、儂としては先程も言ったように、お主にはカルセの婿に収まってくれると嬉しいのじゃがの」

「お、お祖父様っ!?」

ジュゼッペの隣に座っていたカルセドニアが、困ったような、それでいてどこか嬉しそうな複雑な声を上げる。そして、その整った顔を更に真っ赤に染めて、ジュゼッペと辰巳を何度も見比べていた。

「実を言えば、こやつは既に行き遅れに片足を突っ込んでおる状態での。こう言ってはなんじゃが、そうなったことの半分は婿殿のせいなんじゃぞ?」

ジュゼッペの説明によれば、こちらの世界、特に今辰巳たちがいるラルゴフィーリ王国では十六歳で成人と認められ、二十歳までに所帯を持つのが一般的だそうだ。

今、カルセドニアは十九歳。世間一般で見れば行き遅れとまでは行かないものの、そろそろ焦りを感じ始める年頃ではあるという。

「今まで、こやつにはいくつも縁談が舞い込んでおるが、それらは全て断っておっての。中には上位の貴族どころか、王位継承権を持つような王族までおるというのに」

口では不満そうなことを言いながらも、孫娘を見るジュゼッペの表情は柔らかい。そこには、政略結婚などよりも孫娘の恋愛感情を尊重しようという祖父の心遣いが見て取れた。

「へ、へぇ、王族からもプロポーズされるなんて、チーコは凄いんだなぁ。まあ、これだけ美人なんだから、当然と言えば当然か」

抜きん出た容姿に、高い魔法の実力、そして養女とはいえサヴァイヴ神殿の最高司祭の身内。これだけ条件が揃えば、縁談がない方がおかしいだろう。

こちらの世界において、魔法使いがどのような認識を受けているのか辰巳は知らないが、それでも実力が低いよりは高い方がいいだろう、と漠然と考えていた。

そう思いながら辰巳が改めてカルセドニアを見れば、なぜか彼女は真っ赤になった頬に両手をあてて、目を丸く見開いてじっと辰巳を見ていた。

「ほほほ、さては婿殿、お主は女の扱いに相当慣れておるな？　今、実にさらりと女を誉めよったのぅ。もしかして、婿殿は向こうの世界では女衒《ぜげん》でもしておったか？」

「ぜ、女衒っ⁉　そ、そんなわけが……お、俺、今までに女の子と付き合ったことも……」

「ほほぅ？　となれば、お主は天性の女誑《たら》しじゃの」

にたりと意味深に笑うジュゼッペに、辰巳はぶんぶんと勢いよく首を左右に振った。

「ほっほっほっ、冗談じゃて。こう見えても職業柄、人を見る目はそれなりにあるつもりじゃよ」

いくら一方的にこちらの世界に呼び寄せたとはいえ、呼び寄せた者があまりにも身勝手だったり極悪人などであった場合、ジュゼッペたちとて面倒を見るとは言わずに、着の身着のままで放り出すぐらいのことはするだろう。

「とりあえず、婿殿の身分はこの神殿の下級神官ということにしておこう。下級とはいえ神官であれば、この神殿に住めるし食事も供される。もっとも、神官としての務めは果たしてもらうがの。無論、何か他にやりたい仕事があれば、そちらの仕事に就いてもらっても構わんよ。神官の中には、家業と神官を兼業しておる者も存在するからのぅ」

そうは言われても、こちらの世界の仕事でやりたい仕事など思い浮かぶはずもない。

まずはジュゼッペの言う通り、神殿で下働きでもしながらこの街を見て周り、自分にもできそうな仕事を探すべきだろう。

信仰というものが希薄な日本人である自分に、神官なんてものが一生務まるとは思えない。いずれは他の仕事に就くことになるだろうから、まずはどのような仕事があり、その中から自分に合い

そうな仕事を探さなくてはならない。

それが見つかるまでこの神殿で厄介になろうか、と辰巳が考えていると、それまで真っ赤になって黙っていたカルセドニアがようやく再起動を果たした。

「い、いえっ!! 先程も申し上げたように、ご主人様はお仕事などなさらなくても、この私がご主人様を養ってみせますっ!! こう見えても私、それなりの収入がありますから」

豊かな質量を誇る胸を張り、カルセドニアが自信満々に宣言する。だが、辰巳としては彼女のその申し出をそのまま受け入れるには抵抗がありすぎた。

「い、いや、いくら何でもそれは……俺、ヒモにはなりたくないし……」

という辰巳の抗議の言葉を無視して、カルセドニアは祖父へと向き直るとさらりと爆弾発言をした。

「お祖父様。私はこの神殿を出て、今後はご主人様と一緒に暮らそうと思います」


突然のカルセドニアの同棲宣言。

あまりのことに辰巳が目を見開き、口をぽかんとだらしなく開けていると、ジュゼッペは孫娘の言葉にぱんと己の膝を打った。

「うむ、それはいい案じゃ。一緒に暮らせば、お互いの良いところも悪いところも見えるというものじゃからの。まずはしばらく一緒に暮らしてみて、その後に本当に婚姻を結ぶかどうかを決めるとよかろう。して、二人で暮らす家の当てはあるのかの? お主のその口振りからして、既に準備をしていると見たが？」

「はい。信者の中に屋敷の売買を扱っておられる方がおみえなので、その方に相談を……」

「ちょ、ちょっと待ってくださいっ!!」

自分を置いてきぼりにしてどんどんと進んでいく話に、辰巳は慌てて待ったをかけた。

「あ、あのジュゼッペさんっ!!　いきなり自分の孫娘が初対面の男と一緒に暮らすとか言い出して、すんなりとそれを了承しちゃってもいいいんですかっ⁉」

普通であれば、娘――この場合は孫娘だが――が突然男と一緒に暮らすなどと言い出せば、それに反対するのが男親というものではないだろうか。

だが、慌てる辰巳とは打って変わって、当の二人はきょとんとした表情をするばかり。

「何を言っておるのじゃ、婿殿は？　儂は初対面の時から、お主のことは『婿殿』と呼んでおるじゃろうが。それはすなわち、既にお主をカルセの婿として認めておるということじゃぞ？　それに先程から、儂の方からもお主とカルセを結びつけようとしておるじゃろうに」

「え……た、確かにそうですが……そ、それでも初対面でしかない俺を、どうしてそこまで認めてくれるんですか？」

「お主のことは、カルセにずっと前から聞かされてきたからのぅ。正直、初対面という気がせんのじゃよ。それにそもそも……」

ジュゼッペは慌てふためく辰巳の顔を見ながら、楽しそうにひょいっと器用に片方の眉だけを跳ね上げた。

カルセドニアを養女として迎え入れてから、毎日のように聞かされた辰巳の話。

その辰巳とこうして実際に会ってみて、そして言葉を交わしてみて、辰巳という人物がカルセドニアの話の通りの人物だと、ジュゼッペは判断した。

そもそも、もしも辰巳が良からぬことを考えていて、カルセドニアを単に利用するなり不幸な目に合わせるつもりならば、彼とカルセドニアの婚姻話に自ら待ったをかけたりはしないだろう。

それだけを見ても、辰巳という人物が誠実な人間であることが窺い知れる。

「……お主とカルセは、向こうの世界でも一緒に暮らしておったのじゃろ？」

「い、いや、それは……っ!? あ、あちらでのチーコはオカメインコで、決してこんなに綺麗でプロポーションもいい、俺の好みどストライクのちょっと年上のお姉さんじゃなかったしっ!!」

焦りのあまり、言わなくてもいいことまで口走る辰巳。

またもやさらりと辰巳に誉められて、びっくりしながらも嬉しそうに顔を赤らめるカルセドニア。

二人のそんな様子を見て、これまでに結婚の守護神でもあるサヴァイヴ神の最高司祭として、何組もの結婚式の立会人を務めてきたジュゼッペは、二人が将来仲睦まじい夫婦となることをこの時点で確信し、心の中でサヴァイヴ神がこの若き二人に祝福を与えんことを祈るのだった。

魔法について学ぼう

ラルゴフィーリ王国。

ゾイサライト大陸の最北に位置する、大国の一つである。

領土内に氷の精霊が多く集まる大氷山山脈を有し、特に氷の精霊が強まる時期である宵月の節――つまり冬は寒さが厳しくなる。

この世界の季節は精霊の力の影響によって変化する。火の精霊の力が強くなれば太陽の節――夏に、大地の精霊の力が強ければ豊穣の節――秋に、風の精霊の力が強くなれば海洋の節――春となる。

ラルゴフィーリ大国では大氷山山脈に集まる氷の精霊の影響で宵月の節が長くて太陽の節は短い。

また、宵月の節と太陽の節の間には海洋の節が、太陽の節と宵月の節の間には豊穣の節が、太陽の節よりも短いながらも存在する。

宵月の節、つまり冬は一年の内の半分を占める。だが国土は広大な面積を誇り、残る季節で大量の作物を育てることができるため、冬に餓死者を出すようなことは辺境の寒村でもなければ稀である。

また、冬に大量の雪が降るために水も豊富で、その水を利用した酒造りも盛んに行われており、ラルゴフィーリ産の各種の酒は、ゾイサライト大陸では銘酒として名を馳せている。

また、屈強な騎士団と軍隊を擁することでも知られ、騎士や兵士たちは日々、厳しい訓練に勤しんでいる。

――などなど、辰巳はジュゼッペとカルセドニアから、彼らが今いるこの国のことや、そこに暮らす庶民の暮らしぶりなどの説明を受けた。たが、その中でも辰巳が一番興味を引かれたのはやはり魔法に関してだった。

召喚された時点でそうだろうとは思っていたが、やはりこちらの世界には魔法が存在するらしく、魔法を使うことができる者は総じて「魔法使い」と呼ばれているそうだ。

カルセドニアだけではなく、ジュゼッペもまた魔法使いであるという。

「魔法使いの数は、決して多くはありません。魔法使いとしての素質を持つ者は、大体百人に一人か二人の割合だと言われています」

そして、魔法使いは個々それぞれに得意とする魔法の系統を持つ。系統――時には属性とも呼ばれる――には、基本となる六種類がある。

〈光〉〈闇〉〈地〉〈水〉〈火〉〈風〉の六種類がそれで、そして更にそこから上位系統や派生系統があり、実際の系統の数はどれだけあるのか不明とまで言われている。

中には過去にたった一人しか保持者がいなかったという、いわゆる「レア系統」もあるとのこと。

そのレア系統は〈天〉と呼ばれ、現在では御伽噺《おとぎばなし》などに登場する、半ば伝説的な系統とされている。

「私は〈聖〉〈炎〉〈海〉〈樹〉〈雷〉の五つの適性系統を持ち、お祖父様は〈聖〉と〈海〉の適性系統を持っています」

「え？　五つ？　……それってやっぱり凄いの？」

「うむ。祖父の儂が言うのもなんじゃが、カルセはいわゆる天才という奴じゃな。普通の魔法使いが持つ適性系統は一つ、多くても儂のように二つが精々じゃや。じゃが、カルセはそれを五つも持っておる。これだけの適性系統を持つ魔法使いは、過去にも一人か二人しかおらんのじゃよ」

ちなみに、〈聖〉は〈光〉の、〈炎〉は〈火〉の上位系統であり、〈海〉〈樹〉〈雷〉はそれぞれ〈水〉〈地〉〈風〉の上位派生属性である。

「魔法を発動させるには、必ず呪文の詠唱を必要とします。そのため、声を出せない状態では、どんなに優れた魔法使いでも魔法は使えません」

魔法使いが罪を犯した場合などは、拘束する時には必ず猿轡《さるぐつわ》を噛《か》ませる。そうすれば、魔法を使われる心配はないからだ。

魔法を使用する際には、体内に宿した魔力を消費して行う。そのため適性系統の種類と数、そして内包魔力の量が魔法使いにとっては重要な要素となっている。

適性系統以外の系統でも魔法そのものは発動させることは可能だが、適性系統を持たない場合は、魔法の効果や範囲などが著しく低下する。

正しい呪文詠唱と魔力。この二つがあって、初めて魔法は発動するのだ。

「また、魔法にはそれぞれの系統を象徴する色というものがあっての」

ジュゼッペの魔法講義は、まだまだ続いていた。

ジュゼッペの言うように、魔法を使用する際には、系統によってそれぞれ特徴的な色の光を放つ。

例えばカルセドニアが最も適性の高い〈聖〉系統。この系統の魔法を使用する時、魔法使いは白銀の光を発する。

他にも同じカルセドニアを例にするならば、〈炎〉は真紅、〈海〉は深蒼、〈樹〉は萌緑、そして〈雷〉は紫紺となる。

「なるほど。では、その光を見れば、どんな魔法を使おうとしているのか、ある程度は把握できるってわけですか」

「その通りじゃな。もっとも、その光は魔法使いでないと見えんのじゃ。まあ、膨大な量の魔力を一度に放出した際などは、例外的に魔法が使えない者にもうっすらとした輝きとして認識されることもあるがの」

「じゃ、じゃあさ？　もしかして俺にも……その適性系統って奴はあるのかな？」

辰巳はジュゼッペの話を聞くと、わくわくとした気持ちを隠すことなくカルセドニアに尋ねてみた。

もしかすると、小説などによくあるように、異世界から来た辰巳には強大な魔法使いとしての才能が眠っているかもしれない。もしくは強力な異世界補正が作用しているとか。

それに何より、魔法という超自然的な技術があるのなら、やっぱり自分でも使ってみたい。そんな期待を込めて辰巳は尋ねてみたのだが、ジュゼッペとカルセドニアの顔はあまり冴えたものではなかった。

「あ、あの……とても申し上げ難いのですが、ご主人様には、そ、その……」

「この際じゃからはっきり言わせてもらうがの……婿殿が魔法を使うことはできんじゃろ。お主には……お主の身体からは、適性系統どころか一切魔力を感じられないからの」

この世界の生物は、ごく一部の例外を除いて僅かとはいえ魔力を持っている。だが、それでも魔法使いになれるのは、ほんの一部のみ。一定量以上の魔力がないと、魔法を発動させることはできないからだ。

だが、異世界からの来訪者である辰巳には、魔力そのものが一切ない。

考えてみれば、辰巳の世界には魔力など存在しない——一般的には——ので、彼が魔力を持っていないのは不思議なことではないだろう。

そして、カルセドニアやジュゼッペのように、ある一定以上の実力を有する魔法使いは、相手が持つ魔力をかなり正確に感じ取ることができる。彼らは初対面から今に至るまで、辰巳からは魔力を一切感じられなかった。

魔力が全くない——魔法は全く使えないと断言されて、辰巳は目に見えてがっくりと落ち込んだ。

「そう落ち込むでないわ、婿殿。確かにこの世界の人間ならば、誰でも魔力を持っておる。とは言ってもそれは微々たるもの。初歩の初歩である簡単な魔法を発動させることもできないほどなんじゃ」

「そ、そうですよ、ご主人様！　ご主人様が何か魔法が必要なことがあれば、その時は私が代わって魔法を使いますから！」

　そう言って辰巳を慰める二人。それでも、もしかして魔法が使えるかも、という期待が大きかっただけに、辰巳の感じたショックも大きかった。

「……先程も申し上げたように、魔法を使うためには呪文の詠唱が不可欠です。そのため、私たちが使う魔法を『詠唱魔法』とも呼びます」

　どんよりとした辰巳の気を逸らすためか、カルセドニアは更に魔法に関する説明の方向性を少し変えた。

「元々は単に魔法と言えば詠唱魔法のことじゃったが、ここ最近……だいたい十年ぐらい前からか。新しい種類の魔法を使う者たちが現れてのぅ。そのため、彼らの使う魔法と区別するため詠唱魔法と呼ばれるようになったんじゃ」

「新しい魔法……？」

「うむ。この世界のあちこちに存在する意志を持つ魔力、すなわち精霊たちの力を借りた魔法で、詠唱魔法に対して精霊魔法と呼ばれておる。なんでも、遠い異国から渡ってきた一人の女性が広めたらしい」

「へえ？　もしかして、その女性も俺と同じように異世界——俺とは違った異世界から来た……なんてことはないですかね？」

「さぁて、そこまでは儂も知らんわい。その女性とは会ったこともないからの。じゃが、噂によればとんでもない美人らしいぞ？　できれば、神の御元に召されるまでに一度ぐらいは会ってみたいものじゃて」

と、ジュゼッペはいつものようにほっほっほっと笑った。


「さてさて、随分と長い間話し込んでしもうたのぅ」

話に一区切りつけたジュゼッペが窓の外へと視線を向ければ、そこには茜色に染まる空が見えた。

「そう言えば、これから婿殿と二人で暮らす家に心当たりがあると言っておったが、もう既に決まっておるのか？」

「いえ、業者の方にいくつかの候補となる空き家を探しておいてもらったので、後はご主人様と一緒に見てから決めようと思っています」

「そうか。ならば、今日のところは婿殿もこの神殿に泊まるとよかろう。この神殿はゾイサライト大陸におけるサヴァイヴ教団の総本山なので、各地から巡礼者や旅の神官が来るからの。そんな者たち向けの客室がいくつかあるのじゃよ。それとも――」

ジュゼッペはひょいっと片方の眉を釣り上げた。

「――カルセの部屋に泊まるかの？　婿殿がそちらの方がいいというのなら、儂はそれでも構わんぞ？」

「い、いいいいいいっ⁉　きゃ、客室でいいですっ‼　客室でお願いしますっ‼」

顔を真っ赤にさせて、必死に客室での宿泊をお願いする辰巳。そして、そんな辰巳をどこか残念そうな顔でじっと見つめるカルセドニア。

「ほっほっほっ、冗談じゃよ。カルセの部屋は独身の女性神官たちが寝起きする宿舎にあるからの。いくら儂といえども、そこに男である婿殿を放り込むことはできんわい」

男女問わず、神官用の宿舎で寝起きする者は未婚者ばかりである。

結婚の守護神でもあるサヴァイヴ神は、聖職者であっても婚姻することを推奨している。中には神に純潔を捧げる者もいないではないが、大半の神官は所帯を持つに至る。そして所帯を持った神官は、神殿を出て街の中に家を構えるのだ。逆に言えば、神官が神殿を出て町中で暮らすというのは、近々結婚するということを無言で示すものなのである。

さすがに結婚してからも神殿暮らしでは、何かと不都合な面も多々あるのだ。特に子作り方面で。サヴァイヴ神は子宝の神でもあり、子作りも奨励しているのだから。

そのため、カルセドニアが辰巳と一緒に暮らすために家を構えるというのは、それほど不自然なことではないのだ。問題は、「《聖女》が家を構える」という事実の方であったが、今の辰巳はそんなことは知る由もない。

そして翌日。辰巳の時間感覚的には昼を少し過ぎた頃。

本日の神官としての務めを全て終えたカルセドニアは、辰巳と一緒にレバンティスの街の中を歩いていた。

二人が向かう先は、昨日も言っていた家屋敷の売買を取り扱う人物のところである。こちらの世界の不動産屋だろう、と辰巳は考えていた。

二人は仲睦まじそうに、ぴったりと寄り添いながら街の中を歩いていく。

カルセドニアはにこにことそれはもう幸せそうな表情で。時折、あちこちを指差しては辰巳に街のことを説明していく。

対して辰巳はといえば、ずっと上の空だった。顔を赤らめつつ、視線はあちこちに彷徨っている。

そうしていなければ、どうしたって意識してしまうのだ。

彼の右腕――現在、カルセドニアが抱えるようにして密着しているそこに感じる、すっげえ柔らかい二つのモノを。

この時の辰巳は知らぬことだが、こちらの世界にも女性の上半身用下着は存在する。しかし、辰巳の世界にあるブラジャーとは違って柔らかい布を巻き付けるだけの簡単なものである。

そのため、ブラジャー程の防御力を持たないこちらの下着は、その内側に包まれた双丘の柔らかさを、余すところなく辰巳の腕に伝えてくる。伝わってしまう。

よって、辰巳はその感触を必死に無視しようとしているのだった。

「どうかなさいましたか、ご主人様?」

ぎこちない態度の辰巳に、カルセドニアが不思議そうな顔をする。

「い、いや、その……こんなに女の人とくっついて歩いたことがないから……ちょ、ちょっと歩きにくいというか……」

同年代の女性と腕を組んで歩くということ自体、確かに辰巳にとっては初体験だが、彼がぎこちないのは当然それだけが理由ではない。とはいえ、ここでカルセドニアに面と向かって、「腕に胸が当たっているから」と言い出すことは辰巳には不可能だった。だって、辰巳も男だし。

そして、そんな辰巳の内面の葛藤に気づかないカルセドニアは、その美しい顔を更に輝かせて笑う。

「あら、何をおっしゃいますか？　以前はよくこうしてご主人様と一緒に、外へ出かけたではありませんか」

「い、いや、その時のチーコは小さかったしっ!!　それに腕を組んで歩いたんじゃなくて、俺の肩や頭の上に乗っていただけだしっ!!」

そんなやり取りをしながら、二人は楽しそうに——端から見れば——歩く。

この時、カルセドニアとの会話と、腕に当たる柔らかい感触に気を取られていた辰巳は気づかなかった。寄り添って歩く二人に向けられる、街の住民たちの視線に。

《聖女》という二つ名で呼ばれ、このレバンティスの街の住民ならば、その名前を聞いたことがない者はいないとまで言われるカルセドニア。

その彼女が、同年代の男性とそれはもう幸せそうに腕を組んで歩く姿が、街の住民たちの注意を引かないわけがない。

街の人々は、幸せ真っ盛りといった表情のカルセドニアに目を見開いて驚き、次いで彼女と一緒に歩いている男を見てもう一度驚く。

見たこともない衣服を着た、珍しい黒髪黒瞳に薄い琥珀色の肌をしたその男。

この国に暮らす人々の髪の色は、茶色から赤系が多く、カルセドニアのようなプラチナ・ブロンドは、どちらかと言えば珍しい。そして、肌の色も白系統がほとんどであった。

そんな中で辰巳の姿は、たとえ一人で歩いていても目立っただろう。

その辰巳が高名な〈聖女〉と腕を組んで歩いているのだ。街の誰もが、この珍しい取り合わせに驚きながらも興味津々といった目で、通りすぎる二人の背中を見送っていた。

そうこうしている内に、目的地であるこちらの世界の不動産屋に到着したようで、カルセドニアがとある建物の前で足を止めた。

「ここがそうなのか？」

「はい、こちらが家屋敷を取り扱っている方のお宅です」

辰巳の目の前には、石造りの大きな屋敷があった。

ここまで来る途中、街の中にある建物はほとんどが石造りであり、それも赤茶色の煉瓦らしきものを積み上げて造っているものが多かった。そのため、街の中は赤い色彩があちこちに溢れていた。

だが、目の前にある屋敷は赤茶色い煉瓦ではなく、切り出したらしい白い石を使った建物。どのような種類の石なのかは分からないが、おそらく金持ちでなければこのような屋敷には住めないだろう。

そう思って辺りを見回せば、周囲の屋敷は同じような白い屋敷が多い。となれば、今自分たちがいるのは、いわゆる高級住宅街に相当する地区なのではないか、と辰巳は心の中で推測する。

「しかし普通の屋敷だよな……」

改めて目の前の屋敷を見上げて、辰巳はぼそっと独りごちる。

だが改めて考えてみれば、家や屋敷などは他の商品とは違って店先に並べておくようなものではない。そのため、店舗などを構える必要はないのだろう。

辰巳がそんなことを考えている間に、カルセドニアは屋敷の玄関の扉の前まで進み、屋敷の中へとその澄んだ鈴の音のような声を投げかけていた。

「申し訳ありません。サヴァイヴ神殿のカルセドニア・クリソプレーズと申します。ご主人はご在宅でしょうか?」

そうしてしばらく待つと、勢いよく玄関の扉が開き、中から中年の男性が飛び出してきた。

つるりと真ん中だけが見事にはげ上がった頭部と、恰幅よく突き出した腹。それでいて背は辰巳どころかカルセドニアよりも低い。

身に着けているものは、ここに来るまでに何となく見ていた街の人々の服よりも、数段上等そうに見える。屋敷から想像した通り、かなり裕福な人物なのだろう。

「お、お待ちしていました《聖女》様！　この度はこのわたくしにご用命くださり、誠に嬉しく存じます！」

屋敷の主らしきその男性は、脂ぎった顔に満面の笑みを浮かべながら、すりすりと両の掌を擦り合わせつつカルセドニアに挨拶をした。

家を探そう

屋敷の中から飛び出してきた人物は、カーシン・サンキーライという名前らしく、この国の貴族であり男爵の爵位を持つ人物らしい。ここに来るまでにカーシンという人物について、辰巳はカルセドニアから簡単な説明を聞いていた。

そのカーシンはと言えば、満面の笑みを浮かべながらへこへことカルセドニアに頭を下げている。最下位の階級である男爵とはいえ、れっきとした貴族には違いないカーシンが何の躊躇いもなく頭を下げているのを見て、辰巳は改めてこの国におけるカルセドニアの立場を実感した。

「この度はおめでとうございます！　しかし、《聖女》とまで呼ばれたカルセドニア様も遂にご結婚ですか。いやはや、この話を聞けば一体何人のあなた様の信奉者が悔しがることやら。かく言うこのわたくしもまた、今回の話を聞いた時には涙を流した一人ですぞ？」

「あ、あのー、サンキーライ様？　私はまだ結婚すると決まったわけではありませんが……」

困ったような表情を浮かべつつも、カルセドニアはちらりと意味深な視線を背後の辰巳へと送った。

その視線には気づいていながらも、あえて辰巳は黙ってカルセドニアたちのやり取りを眺めている。なんせ、カルセドニアの前にいるのは貴族なのだ。庶民でしかない辰巳が何か不都合なことをしでかして、カーシンの機嫌を損ねるのは拙《まず》い。

「おや？　そうでございましたか？　ですが、神官であるあなた様が神殿より出て家を構えるということは、遠くない未来にご結婚されるということでしょう？」

「ま、まあ……そうなるといいな、とは思っていますが……」

ちらちら。またもや辰巳に視線を送るカルセドニア。しかも、今度の視線にはどこか嬉しげな成分が含まれている……ような気が辰巳はした。

「何をおっしゃいますやら！　あなた様を妻に迎えたくないなどと考える男は一人もおりませんとも！　ところで……」

カーシンは、きょろきょろと辺りを見回した。

「本日はカルセドニア様のご主人となられる方は、ご一緒ではないのですかな？」

「いえ、あちらに……」

今度こそ、カルセドニアは辰巳の方へと振り返った。この時になって、ようやくカーシンも辰巳の存在に気づいたようだ。

「ん？　あの男は……」

「はい、あちらにおみえなのが……」

「おお、なるほど！　新たに雇った使用人ですな！」

「は……はあっ!?　あ、あちらの方は使用人などではなく――――」

カルセドニアの美しい眉が、きゅっと中央に寄せられる。彼女のそんな様子に気づくことなく、カーシンは彼女の言葉を遮ってべらべらと言葉を続けた。

「ですが、男の使用人一人だけでは、家の中のこと全てに手が回らないでしょう。どうです？　よろしければ、侍女などの使用人の手配もお引き受け致しますぞ？」

「いいえ！　結構ですっ!!」

語気も荒く、カーシンの申し出を拒否するカルセドニア。彼女の明らかに気分を害した雰囲気に、カーシンはどうして彼女が怒っているのか分からず、おろおろとするばかりだった。

「と、とりあえず、ご紹介する屋敷を見に参りませんかな？　ご依頼にあった通り、いくつかの屋敷を見繕ってあります。ささ、どうぞこちらへ……おお、そうだ。今すぐに馬車を用意させましょう。少々お待ち――」

「いいえ、徒歩で構いません！　それよりも早く案内してください！」

じろり、と剣呑《けんのん》な目でカルセドニアはカーシンを睨《にら》み付けた。

「さ、左様でございますか。で、では、こちらへ……」

カルセドニアが全身から放つ迫力のようなものに押され、カーシンは慌てて歩き出す。

その彼の背中を睨み付けていたカルセドニアだったが、辰巳に向き直るとぺこりと頭を下げた。

その際、彼女の頭上のアホ毛もひょこんと揺れる。

「申し訳ありません。ご主人様のことを使用人などと……」

「あ、ああ、気にすることはないさ。確かに俺の見てくれなんて平凡だから、そう勘違いされるのも無理はないって」

辰巳の容姿はごく普通だ。どうやらこちらの世界も美的基準はそれほど違いはないようで、《聖女》とまで呼ばれ、貴族でさえも丁寧な態度で接するカルセドニアに比べれば、辰巳などは「市民A」と呼ばれる程度のものだろう。

「さ、それよりも、俺たちも行こう。実を言うとさ、どんな家なのかちょっと興味があるんだ」

カルセドニアの気分を向上させるためか、ちょっと戯けたように言う辰巳。そんな彼を見て、カルセドニアもくすりと笑う。

「うふふ。ちょっと安心しました」

「え？　何が？」

「夢の中で見たご主人様は……それはもう、凄く暗い雰囲気で、ずっと気落ちした様子でした。でも、今はこうして笑っていらっしゃいますから」

カルセドニアにそう言われて、ようやく辰巳も自分が笑っていることを自覚した。

昨日から今日にかけて、久しぶりにたくさんの会話をした。相手はカルセドニアとジュゼッペだけだったが、それでもこれだけ誰かと話すのは、少なくともオカメインコだったチーコがいなくなってからは初めてだろう。

そして、彼は気づいていた。こうして今、自分が笑っていられるのはチーコと再会できたからだということに。

カルセドニアと初めて出会ってからまだ一日しか経っていない。だけど彼女の雰囲気や仕草の端々から、かつて何年も一緒に暮らしたチーコと同じものを確かに感じるのだ。

既に辰巳の中ではカルセドニアはチーコであり、そしてチーコである以上、辰巳にとっては既に大切な家族なのだった。

かつて一緒に暮らしていた時のように、彼女が傍にいてくれることが凄く嬉しくて凄く楽しい。

だから、辰巳はカルセドニアに……彼のチーコにはっきりと告げたのだ。

「そうだな。俺がこうして笑っていられるのは、やっぱりチーコがいてくれるからだよ」

「ご……ご主人様……」

熱の篭った、潤んだ紅玉《ルビー》のような真紅の瞳。そんな瞳で間近から見つめられて、辰巳もまた頬を赤らめた。

そして、少し離れた所ではカーシンが首を傾げて、見つめ合う二人を不思議そうに眺めていた。


まず辰巳たちが案内されたのは、カーシンの屋敷から歩いて十五分ほどの、とりわけ大きな屋敷が集まる一角だった。

「この辺りは貴族の中でも、侯爵などのより身分の高い方の屋敷が集まる区画ですな。もちろん、カルセドニア様ならば、その中に入られても誰も文句は言いますまい」

相変わらず、にへらにへらと愛想笑いを浮かべるカーシン。

だが、辰巳はカーシンの愛想笑いよりも、周囲の建物を見る方に専念していた。

どの屋敷も大きく、また庭も広くてしっかりと手入れされている。しかも、外からその庭を見られることを前提にしているようで、どの屋敷も植え込みの剪定などに意匠を凝らしている様子がよく見えた。

そういや日本では庭などの敷地の内側は隠すもので、ヨーロッパの方では庭は誰かに見てもらうもの、って考えだったっけ？

など、どこかで聞きかじった知識を思い浮かべながら、周囲に立ち並んでいる屋敷や庭を眺めていた。

「さて、こちらでございます」

カーシンが指し示したのは、そんな高級住宅街――いや、貴族街の中でもかなり大きくて立派な屋敷だった。

「この屋敷は元々、数年前まではかなり羽振りの良かったとある侯爵のものでしたが、どうやらその侯爵、極秘裏に奴隷の密売に手を出していたようでしてな。それが王国に露見して、その侯爵家はお取り潰し。当主以下、家族全員が斬首されました。それ以後、この屋敷は空き家となっておりまして」

「か、家族全員斬首……っ!?」

さらりととんでもないことを言うカーシンに、辰巳は思わずぎょっとなる。

だがカーシンはともかく、カルセドニアまでもがそれに対しては大して驚いた様子はない。となれば、こちらの世界、もしくはこの国では妥当な処罰なのだろう。

「――それで、屋敷のお値段ですが、ここはカルセドニア様がお客様ということで、精一杯勉強させていただきまして――」

カーシンは屋敷の値段を口にするが、こちらの物価などの相場が分からない辰巳には、それが高いのか安いのか判断がつかない。

まあ、これだけの屋敷なのだから安いはずがないとは思うものの、それ以上に彼には気になることがあった。

「ちょっと、チーコ……いいかな？」

会話が途切れた頃を見計らい、つんつんとカルセドニアの袖を引っ張って、カーシンから少し離れたところへと彼女を連れてくる。

「なあ、この屋敷……そ、その……俺とチーコの二人で住むんだよな？　ジュゼッペさんは一緒じゃないよな？」

「はい。お祖父様は既に邸宅を所持されていますから」

「……だったら……いくら何でも広すぎるだろ、この屋敷……」

改めて目の前の屋敷を見上げる辰巳。ざっと見ても、部屋数は十以上はありそうだ。そんな屋敷に二人で暮らすなど、日本人の庶民の感覚では考えられない。

これだけ大きな屋敷だと、状態を維持するのも大変だろう。掃除などしたら、それだけで一日が終わってしまう。

「それとも、さっきあのカーシンって人が言ったように、使用人とか雇うつもりか？」

「い、いえ……できれば私としても……ご、ご主人様と二人きりがいいなぁ、なんて……」

真っ赤に染めた頬を両手で覆いつつ、カルセドニアは少し上目使いに辰巳に告げた。

「だ、だったらもっと小さい家で充分だろ？　それに貴族たちが住んでいる場所なんて、堅苦しいというか何というか……正直、落ち着かない」

「分かりましたっ‼　ご主人様の意向をサンキーライ様にお伝えしますねっ‼」

にっこりと微笑んだカルセドニアは、再びカーシンと話し出す。

どうやらカーシンはカルセドニアに大きな屋敷を勧めているようだが、カルセドニアは辰巳の意向に従って首を縦に振ろうとはしない。

やがて根負けしたカーシンが、とぼとぼと歩き出す。その後を辰巳はカルセドニアと肩を並べて歩いていった。


その後、数軒の家をカーシンは案内したが、どれも辰巳とカルセドニアが求めるような家ではなかった。

カーシンがカルセドニアに熱心に勧めるのは、全てが家というよりは屋敷と呼ぶものばかりで、建っている場所も貴族街の中ばかり。

それら全てをカルセドニアが――カーシンの視点では――気に入らないので、カーシンもほとほと困っているようだった。

「い、一体、カルセドニア様はどのような屋敷をご所望なので……？」

それでも愛想笑いだけは浮かべ続けるカーシンに、辰巳は別の意味で感心する。

「私のご主人様は、もっと小さくて庶民向けの家がいいとおっしゃっています」

「しょ、庶民用ですかっ⁉　ですが、カルセドニア様とモルガーナイク様ほどご高名な方がお暮らしになるとすれば、どうしたって大きな屋敷が必要なのではありませんかな？　将来的にはご自宅で夜会などを開くこともあるでしょうし、そうすると、庶民の家では……」

「あの、サンキーライ様？　どうしてそこでモルガーの名前が出てくるのです？　私はモルガーと一緒に暮らすわけではありませんが？」

カルセドニアのこの言葉に、カーシンは思わずぽかんとした間抜けな表情を浮かべた。

「い、いいえ、あ、あれ？　で、ですが、カルセドニア様がご結婚される相手となれば、噂になっている《自由騎士》様では……？」

「いいえ、違います。私がけっこ……い、いえ、一緒に暮らす相手はモルガーではなく――――」

カルセドニアはとことこと辰巳の元に近寄ると、彼の腕をその豊かな胸に埋めるようにかき抱く。

「――――こちらのタツミ・ヤマガタ様です。この方こそ、私のご主人様なのですから」

と、カルセドニアは幸せそうに辰巳の顔を見上げる。

そしてカーシンはといえば、そんな二人をあんぐりと口を開け放ったまま見つめていた。

カーシンはカルセドニアの結婚相手は、てっきり世間の噂通り《自由騎士》モルガーナイク・タイコールスだとばかり思っていた。

《聖女》と《自由騎士》は、世間ではこれまでずっと恋仲であると噂されていた。カーシンもその噂を聞き及んでおり、今回カルセドニアが家を探していると知り、噂の二人が遂に婚姻を結ぶとばかり思っていたのだ。

だが、そのカルセドニアの相手が、これまで見たこともなければ噂にも聞いたこともない、てっきり使用人だとばかり思っていたごく普通の男だったとは。

確かに黒い髪と目はこの国では珍しい。着ている服も見たことのないものだ。

だが、背丈は男にしては決して高くはない。現にカルセドニアと並んでいる今も、彼女よりは高いがそれほどの差はない。そして容姿もごく平凡で、《自由騎士》と比べるべくもない。

《自由騎士》と言えば、サヴァイヴ神殿の神官戦士の中でもその強さは随一とまで言われている人物である。剣と槍の腕に秀でて各種の魔法も使いこなし、弱者に優しく強者と自分に極めて厳しいと言われており、その整った容貌とすらりとした身体つきから、国中の若い女性の人気を一身に集めている人物だ。

カーシンも《聖女》と《自由騎士》が並んでいるところを神殿で見かけたことがあり、なんて絵になる二人だろうと思わず見蕩《みと》れた覚えがある。

だが、噂は所詮は噂に過ぎなかったようだ。今、彼の目の前でカルセドニアは、自ら主人と呼んだ男を惚《ほう》けるような表情で実に幸せそうに見つめている。その姿はどこから見ても恋する乙女そのもので、とても演技とは思えない。

このことが新たな噂として広まるのはあっという間だろう。ならばここは、カルセドニアの夫となる人物の情報を少しでも入手しておけば、後々何かの役に立つかもしれない。

カーシンは再び愛想笑いを顔に貼り付けると、掌を擦り合わせながら《聖女》の夫となる人物の元へと近づいていった。

魔祓《まばら》い師

カーシンが辰巳とカルセドニアをその後に案内したのは、街の中心部に程近い区画にある一軒の家だった。

「ここなどはどうでしょう？　カルセドニア様のご主人――タツミ殿のご希望通り、控え目な造りの家となっておりますが……」

街の中心部でよく見かけたような、赤い煉瓦を積み上げて造った小さな家。

小さいとは言っても、これまで見てきた貴族の屋敷に比べればの話で、庶民の家としては大きな部類に入るだろう。

家は石造りだが、床はきちんと板張りになっている。部屋の数は全部で四つ。一つは玄関から入ってすぐの大きな部屋で、リビング的な部屋なのだろう。そこから扉を隔てて二つの部屋があり、どうやら寝室として使うようだ。そして、屋根裏にも狭いが一つ部屋があった。

その他には台所と覚しき場所とトイレ。さすがにこの世界の文化レベルでは水洗トイレは存在せず、穴の中に貯め込むタイプのようだった。

この家には小さいが庭と裏庭もあり、裏庭には専用の井戸がある。

庶民は街の所々に存在する井戸を共用で使うのが普通なので、専用の井戸のあるこの家は、やはり庶民の中でも裕福な者が住むためのものなのだろう。

それ以外で辰巳の目を引いたのは、裏庭に程近い場所に置いてあった大きな岩をくり抜いた箱状のもの。

「これは何だろう？」

「これはですな、タツミ殿。この家の前の持ち主が家に風呂が欲しいとかで、このような岩製の風呂を〈地〉の適性系統を持つ魔法使いに特注したそうです」

「え？　じゃあこれ、風呂なのか……じゃない、風呂なんですか？」

「ええ、そうです。お見かけしたところ、タツミ殿は他国のご出身のようなのでご存知ではないかもしれませんが、この国の宵月の節は氷の精霊の力が強くなる関係で、雪も多く寒さが厳しいですからな。寒さの厳しい時期にはやはり風呂でゆっくりと温まるのが、この国の昔からの風習です。とはいえ、貴族でもなければ自宅に風呂がある家はまずありません。よって、街の中には共同の浴場がいくつか存在しております」

ちなみに、風呂に湯を張る場合は、大きな鍋などで湯を沸かしてそれを湯船に流し込むか、〈火〉の適性系統を持つ魔法使いを雇って湯船に張った水を加熱して沸かすかのどちらかからしい。

どちらも人手と時間と費用がかかるため、使用人が雇える貴族などの裕福な家でないと、自宅に風呂は置けないのだそうだ。

「ということは、やっぱりこの家の前の持ち主は、かなり裕福だったんだなぁ」

「そうですな。確か、何かの商売で成功した人物で、その人物が商売を息子に譲った後、引退後の生活の場としていた家だそうです。ですが……その人物の死後、息子が商売で失敗して大きな穴を開けてしまい、その穴を埋めるためにこの家は売りに出されました」

「どうですか、ご主人様？」

カルセドニアは、家の中をゆっくりと見回している辰巳に声をかける。

「うん、いいんじゃないか？　チーコさえよければ、ここにしよう」

「私にも異存はありません。ここからなら神殿も遠くありませんしね。では、サンキーライ様。この家のお値段はいかほどでしょう？」

「ありがとうございます！　して、ここの家の値段ですが――」

物価の基準が分からない辰巳は、値段交渉はカルセドニアに全て任せ、もう一度ゆっくり家の中を見て回る。

日本で言えば３ＬＤＫから４ＬＤＫに相当する規模の一軒家だ。二人で暮らすには充分すぎるだろう。

当然今は家具なども何もないが、これからどのような家具をどこに置くかなど、カルセドニアと一緒に考えるのも楽しいに違いない。

ところで、家の代金はどうするのだろう？　ジュゼッペやカルセドニアがどの程度の資産を持っているのか知らないが、こっちの世界でも住宅ローンとかあるのだろうか？

「後でチーコに聞いてみよう。さすがに全額払ってもらうのは心苦しいから、一日でも早く仕事を見つけて財政的にチーコの手助けをしないとな……それまでは、神殿の下働きでも何でもしないと」

この家の値段が一般市民の生活費数年分に相当すると知り、そして、それだけの金額をぽんと払ってしまえるカルセドニアの財力に、辰巳が大いに驚くのはもう少し後のことである。


神殿への帰り道。

家は購入したものの、すぐにその家で暮らせるわけではない。

家具の用意もあるし、しばらく放置されていたので多少の手直しも必要だからだ。家具はともかく手直しの方は、そのままカーシンが手配してくれるというので彼に任せ、辰巳とカルセドニアは一旦神殿に戻ることにした。

「どうかなさいましたか、ご主人様……?」

がっくりと肩を落としてとぼとぼと歩く辰巳を、カルセドニアは心配そうに見つめる。

「いや、大丈夫……ちょっと現実ってやつを突きつけられただけだから……」

どうやら、カルセドニアはかなり稼いでいるらしい。それが辰巳が思い知らされた現実だ。

確かに昨日、彼女はそれなりに収入があるようなことを言っていたが、それでも一般市民の数年分の生活費に相当する金額を、ぽんと払ってしまえるほどとは思いもしなかった。

やっぱり、こちらの世界でも宗教関係は儲かるのかなぁ、なんてことを辰巳は考える。元の世界でも、種類を問わず宗教は儲かる、というのが辰巳の宗教に対する漠然としたイメージだった。

とはいえ、これからはカルセドニアと二人で暮らしていくのだ。

元ペットのオカメインコだったとはいえ、今のカルセドニアはまぎれもなく人間で、しかも相当な美人である。そんな女性と一緒に暮らすなど、まだ夢ではないかと思えてしまう辰巳だが、これは夢なんかではない。

確かに辰巳の中では、既にカルセドニアは家族だという認識ができている。だからと言って、何から何まで全部カルセドニアにおんぶに抱っこでは、さすがに自分でも情けなさすぎた。

ここは彼女に及ばずとも、自分もそれなりに稼がなくては。

そう改めて決心するも、そのためには相当がんばらないとならないのは、こちらの世界に疎《うと》い辰巳でも容易に想像できた。

「俺にもできて、それなりに儲かる仕事……そんな都合のいい仕事があるわけないよなぁ……」

仮にそんな仕事があったとしても、とっくに誰かがその仕事に就いているだろう。

「こういう時、異世界転移ものの定番と言えば、やっぱり冒険者だけど……」

果たして、実際に冒険者などという職業が存在するのだろうか。仮に存在するとして、どれほど稼ぐことができるだろうか。

「なあ、チーコ。こっちの世界には冒険者って連中はいるのか？」

「ボウケンシャ……ですか？　私は聞いたことはありませんが、それはどのような者たちなのですか？」

冒険者とは、金銭を対価に危険な仕事を請け負う何でも屋。人に害をなす魔物などを退治したり、行商人の護衛を務めたり。時には古代遺跡などの迷宮に潜り、そこに眠る財宝を引き上げるため、迷宮に巣くう魔物と戦うこともある、などなど。

辰巳はゲームや小説などに登場する、典型的な冒険者のことをカルセドニアに説明していった。

「ご主人様のおっしゃるボウケンシャとやらは存在しませんが、あえて言うならば魔獣狩りがそれに近いでしょうか」

「魔獣狩り？」

どうやら王道展開通り、こちらの世界には魔獣などの怪物が存在するらしい。

普通の野生動物の中にも危険な種類は存在するが、魔獣と呼ばれる存在はそれらとは一線を画したものである、とカルセドニアは言う。

「魔獣の中には魔法に良く似た現象を引き起こすようなものまでいて、人里近くに現れた場合は非常に危険な存在となります。弱肉強食は世界の鉄則であり、強者である魔獣が弱者である人間を襲って糧とするのは、確かに自然の摂理の一つではあります。ですが、だからと言って人間が黙って魔獣の餌食にならなければならないわけでもありません。そこで、危険な魔獣を退治するため、魔獣狩りと呼ばれる者たちが存在するのです」

当然、その魔獣狩りと呼ばれる者たちを雇うには、それなりの対価が必要となる。危険な魔獣に挑むのだから、彼らが危険に見合う報酬を求めるのは自然なことだろう。

また、魔獣の中には肉が食用に適している種もいるし、毛皮や鱗、爪、牙、骨などが各種の素材として用いられるものもある。

そのため、魔獣狩りの中には依頼されてではなく、自ら魔獣を探し出して積極的にこれを狩る場合も多々ある。食肉や素材として利用できる魔獣ならば、一頭狩るだけで相当な額の金銭を手に入れることができるのだ。

「国や領主などの軍や兵士は、魔獣退治には動いてくれないのか?」

「もちろん、国王陛下や各地の領主様が、配下の兵士たちを派遣することはあります。ですが、軍隊の騎士や兵士はあくまでも対人戦闘が専門です。相手が人外の魔獣となると、何かと勝手が違ってその実力を充分に発揮できないと聞きます。また、魔獣退治の依頼は急を要する場合が多いので、初動が早い魔獣狩りたちに最初から依頼する場合が多いようです」

カルセドニアの話を聞いて、なるほどなと辰巳は納得する。どこの世界でも、やはりお役所仕事は腰が重いものらしい。

「あと、私たちが属する神殿にも、魔物退治の依頼が来ることがあります」

「え? 神殿にも?」

「はい。私たち神殿に寄せられる依頼は、一般の魔獣退治ではなく魔祓いの依頼が多いですね」

この世界の怪物の中には、肉体を持たないいわゆる精神体というべきものも存在する。

そんな怪物は総称して〈魔〉と呼ばれ、この状態では大して危険な存在ではないのだが、この〈魔〉が他の野生動物や魔獣に憑依《ひょうい》した場合、通常の魔獣よりも強力な怪物と化す。〈魔〉が憑依した野生動物や魔獣を、他と区別するために「魔物」と呼ぶらしい。

〈魔〉は取り憑いた動物や魔獣の食欲や破壊衝動、縄張り意識といった本能を増長させ、見境なく他者に襲いかかる狂気に犯された魔物へと変貌させる。

たとえ魔物を倒したとしても、それは憑依した動物や魔獣を倒したに過ぎない。本体である精神体の〈魔〉は物理的な打撃を受けないので、倒された仮初めの肉体を捨て、〈魔〉は別の肉体へと再び憑依する。

そのため〈魔〉を消滅させるためには、〈光〉と〈聖〉の系統に存在する《魔祓い》の魔法を使用するしかない。

世の中には《魔祓い》の魔法と同じ効果を付与された武器も存在するが、その数は極めて少数であり、そのような武器は聖剣や聖槍などと呼ばれる。

「も、もしかして、チーコも……」

「はい。私も〈聖〉の適性系統を持っていますので、依頼を受けて〈魔〉を祓うことがあります。私のように神殿に所属して〈魔〉を退治する者を、市井の魔獣狩りとは区別して『魔祓い師』と呼びます」

どうやら、彼女が辰巳の予想以上の資産を持っていたのは、この魔祓い師としての報酬が理由のようだ。

その他にも、彼女の収入としては治療系の魔法を依頼された際の報酬などもある。もちろん、治療の報酬の全てが彼女のものになるのではなく、彼女が所属するサヴァイヴ神殿へと半額ほどは納められるが、彼女の高い〈聖〉の適性系統と優れた魔力による治癒魔法の評判は高く、あちこちから治癒の依頼が絶えないらしい。

確かにカルセドニアは〈聖〉以外にも適性系統を持ってはいるが、その中で最も適性の高い系統はやはり〈聖〉なのだ。

高いレベルで治療系魔法を操るその実力と、魔祓い師としての実績。それが彼女が《聖女》という二つ名で呼ばれる所以《ゆえん》の一つであった。


「〈魔〉……ねぇ。こっちの世界には恐ろしい怪物がいるんだな。でも、普通の魔獣と〈魔〉が憑依した魔物……どうやって見分けるんだろう？」

単なる魔獣と〈魔〉が憑依した魔物。その区別がつかなければ、退治の依頼を出す方も受ける方も困るだろう。

普通の魔獣だと思って魔獣狩りに依頼したが、実際は〈魔〉が憑依した魔物だったりしたら、魔獣狩りでは手に負えないどころか最悪その魔獣狩りが命を落とすことになりかねない。

となれば、何か区別する方法があるのではないか。そう考えてカルセドニアに尋ねてみたところ、やはり見分ける方法があるとのことだった。

「〈魔〉が憑依した魔物は、両眼が禍々しく赤く輝きます。その輝きはたとえ昼間でもはっきりと分かるほどですから、見間違えることはほとんどありません」

「え？　目が赤く……？」

思わず、辰巳はカルセドニアの紅玉《ルビー》のような瞳を凝視してしまった。

そして、カルセドニアにしては珍しく、ふっと目を細めると辰巳の視線から逃げるように横を向く。

「……私の目はこんな色ですから……小さい頃などはよくいじめられました……」

「あ……っ!! ご、ごめんっ!! お、俺、そんなつもりじゃ……っ!!」

知らなかったとはいえ、カルセドニアのトラウマを抉《えぐ》ってしまった辰巳。彼は慌ててその場で深々と頭を下げて謝罪する。

「気になさらないでください。今では目の色のことで、あまりあれこれ言われておりませんから」

そう言ってにっこりと微笑むカルセドニアだったが、実は彼女だって知っているのだ。陰で彼女のことをよく思わない者たちが、彼女の高い魔法使いとしての実力を妬んで「あそこまで魔力が高いのは、実は〈魔〉が憑依しているからではないのか」と陰口を叩いていることを。

もちろん、それは全くの出任せであり、カルセドニアに〈魔〉は取り憑いてなどいない。彼女ほど高い〈聖〉の適性系統を持つ人間は、〈魔〉にとってはある意味で天敵である。そのため、〈魔〉はカルセドニアに憑依したくても憑依できないのだ。

「ですが、魔物の中で一番恐ろしいのは、人間に〈魔〉が憑依した場合です」

「えっ⁉ 〈魔〉って人間にも取り憑くのか?」

「はい。人間は動物や魔獣とは違い、様々な欲望を持っています。これらの欲望が大きくなり過ぎると、〈魔〉を呼び寄せてしまうと一説では言われています。もっとも、今のところそれを証明した賢者は存在しませんけど」

また、非業の死を遂げた場合、その怨念に引き寄せられて死体に〈魔〉が取り憑くとも言われている。実際、戦場などに打ち捨てられた死体に〈魔〉が取り憑いて、死体が動き出す場合があるという。

カルセドニアの話を聞き、辰巳はそれがいわゆる不死の怪物《アンデッドモンスター》のことだなと理解した。

「あとは取り憑いた人間の能力が高ければ高いほど、抱える欲望が大きければ大きいほど、魔物となった場合の能力も高くなると一般には言われていますね」

「そう考えると、実にやっかいな怪物だな、その〈魔〉ってやつは」

二人は神殿へと向かって歩きながら、更にあれこれと魔獣や魔物の話をした。

これまでにカルセドニアが実際に退治した魔物や、御伽噺や伝説などに登場する神話級のとんでもない怪物まで。

それらの話を聞きながら、まだ見ぬ魔獣や魔物に対して、辰巳の中でどんどん興味が大きくなっていった。

経緯はどうあれ、こうして異世界に来たのだ。ならば、元の世界では見ることのできない魔獣や魔物を一度くらいは実際に見てみたい。

カルセドニアと二人で会話している内に、辰巳の心にも余裕が生まれてきたのか、そんな思いが湧き上がっていた。

辰巳がまだ見ぬ怪物たちに思いを馳せていると、徐々に神殿が近づいてくる。

神殿と聞いて、辰巳は何となくよくあるキリスト教の教会の大きなもののイメージを抱いていたのだが、実際に見たその外観は教会や神殿というよりも、西洋の城のような外観だった。

その城のような建物の屋根から突き出した細長い塔に、大きな鐘が釣り下げられていて、そこだけは辰巳の神殿や教会のイメージと重なっている。

「さて、と。家の準備が整うまでは神殿で寝泊まりさせてもらって、下働きでもしながら暮らすかぁ」

「がんばってくださいね？　困ったことがありましたら、私が力になりますから何でも言ってください」

カルセドニアに笑顔で励まされつつ、斧槍を構えた門番が睨みを利かせている正面玄関から神殿の中へと入る。

もちろんカルセドニアと一緒なので、門番に咎められるようなことはない。もっとも、神殿の出入り口は誰に対しても開け放たれているものだが。

「まずはジュゼッペさんに家が決まったことを報告しないとな」

「そうですね。今頃の時間帯ならば、お祖父様はご自分の執務室にいらっしゃると思います」

カルセドニアに案内されて、ジュゼッペの執務室へと二人が歩き出した時。

「カルセ？　今日は姿を見かけなかったが、どこかへ出かけていたのか？」

彼らの背後から、低く落ち着いた印象の若い男性の声がした。

《自由騎士》

突然背後からかけられた、若い男性の声。

声を聞いた限りでは、年齢は辰巳よりも僅かに年上……それでも、二十歳を大きく上回ってはいないだろうと思われた。

そしてその声に反応して、まずは名前を呼ばれたカルセドニアが振り返る。

彼女に僅かに遅れて辰巳もまた。この時、カルセドニアの後ろを歩いていた辰巳は、彼女が振り向いた時に笑顔を浮かべていたことに気づいた。

彼女に釣られるように辰巳も背後を振り返れば、そこには一人の男性がいた。

年齢はやはり二十歳前後だろう。一八〇センチを超えていると思われる長身と、細めながらもしっかりと鍛えられていることが分かる体型。

そのがっしりとした身体に板金製の鎧――いわゆるプレートメイルという奴だろうと辰巳は推測した――を着込み、腰に剣を佩いている。

髪は鮮やかな赤毛。その赤毛を短めに刈り込んだ髪型が実に映える涼しげに整った容貌。

赤茶色の双眸が、辰巳の背後にいるカルセドニアを捉えて優しげに細められていた。

うわー、まるでどこかの王子様か勇者様だな、というのが辰巳が彼に対して抱いた第一印象だ。

「あら、モルガー。今日の神官戦士の訓練は終わったの？」

「ああ。今日もしっかりとしごかれたよ」

「あら。あなたが他の神官戦士たちをしごいた、の間違いじゃない？」

辰巳の抱いた感想をよそに、二人は実に親しげに会話をする。

二人の会話の邪魔にならないように、辰巳は廊下の脇へと下がる。そうしながら、辰巳は先程カルセドニアが口にした「モルガー」という名前に聞き覚えがあることに気づいていた。

――そうだ。今日出会ったカーシンという貴族が言っていたっけ。確か、噂ではカルセドニアの恋人みたいに言われているとか……他には《自由騎士》とも呼ばれていたと思ったけど……。

辰巳が今日のカーシンとの会話を思い出していると、そのモルガーという男性がふと彼の方へと視線を動かした。

「ところで、カルセ。こちらの方はどなただ？　随分と見慣れない格好をされているが……もしかして、他国から我が神殿を訪ねてみえたお客人か？」

「あ！　私としたことが……申し訳ありません」

思わず辰巳を無視して会話していたことを思い出して、カルセドニアは辰巳へと向き直ると深々と頭を下げた。

「ご紹介いたします。こちらの男性はモルガーナイク・タイコールス。このサヴァイヴ神殿に所属する神官戦士であり、私と同じ魔祓い師でもあります」

「え？　チーコと同じ……？」

「はい。私とモルガーは、魔祓いの依頼があった場合、いつも一緒に組んで仕事をしています」

カルセドニアはモルガーナイクを見ながらくすりと笑う。対するモルガーナイクも、その涼しげに整った容貌に柔らかい笑みを浮かべてカルセドニアを見ている。

まるで有名芸能人同士のカップルみたいな絵面だな、と辰巳はやや場違いな感想を抱きながら二人を見つめていると、モルガーナイクが一歩辰巳の方へと近付いた。

「只今紹介を受けました、モルガーナイクです。お見知りおきください、異国の方よ」

そう言いながら、すっと右手を差し出すモルガーナイク。

こっちの世界でも握手で親愛を現すんだな、と考えながら、辰巳もモルガーナイクが差し出した右手を握り締めた。

「こちらこそ、よろしくお願いします。俺……あ、いや、自分は山形辰巳……こっちではタツミ・ヤマガタと名乗った方がいいのかな？」

先程カルセドニアがカーシンに辰巳のことを紹介した時、彼女は辰巳を「タツミ・ヤマガタ」と紹介していた。どうやらこの国では、西洋と同じように名前を先に名乗るようだ。

「それで、タツミ殿は何用でこの国に？　ここでカルセと一緒にいるということは、クリソプレーズ猊下にお会いになるためですか？」

カルセドニアがジュゼッペの養女であることは、この神殿の人間ならば誰もが知っている。実際にジュゼッペを訪ねてくる客人を、こうしてカルセドニアが彼の元へ案内することは多々あるのだ。

「え？　えっと……クリソプレーズ猊下ってジュゼッペさんのことだよな？」

「はい、そうです」

辰巳がカルセドニアに訪ねると、彼女は笑顔でその問いに頷いた。

それは本当に些細なやり取りだったが、それがモルガーナイクに与えた衝撃は大きかった。

ラルゴフィーリ王国において、サヴァイヴ神の信者の頂点に立つジュゼッペ・クリソプレーズを、まるで近所の顔見知りのように親しげに名を呼ぶとは。

サヴァイヴ神を始めとした各教団の最高司祭ともなれば、その権威は一国の王にだって比肩する。そのジュゼッペをこうも親しげに呼ぶこの黒髪の青年は、一体何者なのか。

また、モルガーナイクにはもう一つ気にかかることがある。それはカルセドニアがこの青年に対して実に親しげに——いや、まるでこの青年に仕えるかのような態度を見せていることだ。

養女とはいえジュゼッペ・クリソプレーズの娘であり、ラルゴフィーリ王国でも有名な《聖女》とまで呼ばれるカルセドニアが、まるでそうすることが当たり前のように一歩下がった態度で接している。しかも、彼女の表情はとても嬉しそうなのだ。

この青年に仕えることが、嬉しくて堪らない。

そう思えてならないカルセドニアの態度が、モルガーナイクにはどうしても気にかかってしまうのだった。

普段のカルセドニアは、確かに誰にでも笑顔で接している。だがそれはあくまでも神官としての務めからであり、素の彼女は同性はともかく、異性とはあまり親しく接することはない。

彼女が親しくする異性と言えば、祖父であるジュゼッペとその側近や、幼い頃から彼女を可愛がってきた数人の大司祭たちだが、彼らは高齢の者が多く、カルセドニアにしてみれば異性という意識は少ないのだろう。

そんな彼女にとって、年齢が近くて最も親しく接する男性が自分であると、モルガーナイクは秘かに自負していたのだ。

これまで、モルガーナイクは何度もカルセドニアと組んで、魔祓い師としての仕事をしてきた。今ではモルガーナイクとカルセドニアを、二人で一組の魔祓い師と認識している人間も少なくはない。

市井の魔獣狩りや教団に所属する魔祓い師は、数人で一つの仕事にかかる場合が多い。敵は強大な魔獣や魔物である。一人よりも複数で対峙した方が有利なのは、考えるまでもないだろう。

中には頑なに一人で仕事にあたる者もいるが、それは余程実力の確かな者か、もしくは他人と接するのが苦手な者、または相当の変わり者のいずれかである。

モルガーナイクとカルセドニアが魔祓い師となって数年経つが、その間二人は常に一緒に組んで仕事をしてきた。

時には依頼された場所へ何日もかけて二人で旅をし、更には標的である魔獣や魔物を倒すまで、二人で森の中や荒野を彷徨う。

最初の頃こそは最低限の会話しかなかったが、何度も一緒に依頼を受けているうちに、徐々に二人は親しくなっていった。

共に命をかけて魔獣と戦っているうちに、自然と打ち解けていったのだ。最初こそぎこちなかった二人も、何度も共に修羅場を潜り抜け、互いに信頼と信用を築き上げていった。

その事実が、モルガーナイクの中に確かな自信としてある。

養女とはいえ、サヴァイヴ教団の最高司祭の娘であるカルセドニアには、連日山のような求婚の話が舞い込むという。

幸いにもジュゼッペに政治的な野心がないため、彼女を政略結婚の道具にするつもりはないようだ。そして、そんなカルセドニアにこれまで一番親しい男性が、モルガーナイクなのであった。

世間では、二人が恋仲であるという噂が広まっている。常に二人で一緒に仕事をすることで、いつの間にかそんな噂が立つようになっていたのだ。

そして、当のモルガーナイクもまた、いつの間にかカルセドニアに対して、仕事の同僚以上の想いを抱くようになっていた。

《聖女》などと大層な二つ名で呼ばれながらも、実際はごく普通の娘と何ら変わらないその性格に。

傷ついた者ならば誰でも、癒しの手を差し伸べるその優しさに。

時には羽目を外しすぎて失敗し、ちろりと舌を出してその失敗を誤魔化そうとする無邪気さに。

そして何より偽りの笑顔に隠された、自分に垣間見せてくれる彼女の本当の笑顔を見ているうちに。

モルガーナイクは一人の男として、カルセドニアを一人の女として見るようになっていたのだ。

「昨日すれ違った時は、猊下の御用があったようなのでゆっくり話もできなかったが……そう言えば、ここ数日カルセの姿を見かけなかったな」

モルガーナイクは心に湧き上がる疑問を押し殺して、再びカルセドニアへと向き直る。

「ええ。お祖父様の言いつけで、こちらのヤマガタ様をお迎えに行っていたものだから」

カルセドニアが召喚魔法を成功させ、辰巳をこちらの世界に招いたことを知っているのは、現時点ではカルセドニアとジュゼッペだけである。

召喚魔法はその存在自体は知られていても、誰にでも行える魔法ではない。それどころか、今では伝説と言っていいほどの大魔法なのだ。

その召喚魔法にカルセドニアが成功したことが知れれば、予想外の騒ぎとなりかねないとジュゼッペは判断した。

もちろん、次にカルセドニアが召喚魔法を行ったとしても、それに成功するという保証はない。また、カルセドニアに辰巳以外の誰かを召喚できるという自信もない。

呼ぶ者がカルセドニアだから。そして、呼ばれる者が辰巳だから。

この条件が揃っていたからこそ、召喚魔法は成功したのかもしれない。

そのため、召喚魔法のために数日間地下に篭っていたカルセドニアだが、表向きはジュゼッペの命を受けて客人を迎えに行っていたことになっている。

もっとも、その表向きの理由は全くの嘘でもない。カルセドニアが迎えたからこそ、辰巳はこちらの世界へと来られたのだから。

「そうだったのか。ああ、済まん。お客人を猊下の所に案内する途中だったたな。足止めしてしまって申し訳ありません、ヤマガタ殿」

「いや、気にしないでください。それから、俺のことはタツミと呼んでもらっていいですよ」

「承知しましたタツミ殿。では、オレのこともモルガーと呼んでください」

にこやかに笑いながら言うモルガーナイク。だが、その赤茶色の瞳が一瞬だけ迫力ある光を放ったのを、真っ正面にいた辰巳は確かに見た。

一礼したモルガーナイクは、二人に背中を見せて立ち去っていく。

その背中を、辰巳は僅かに首を傾げながら見つめる。先程モルガーナイクが見せた、あの妙に迫力ある視線。その意味が辰巳には理解できない。

「どうかなさいましたか、ご主人様？」

「あ、ああ、いや、何でもない。それよりさ、あのモルガーって人、《自由騎士》って呼ばれているんだろ？　その《自由騎士》ってどんな意味？」

「ご主人様、よく彼の二つ名をご存知で……ああ、そう言えば今日、サンキーライ様が彼のことを少し話していましたね」

何かを気にした様子でちらちらと横目で辰巳を見ながら、カルセドニアは《自由騎士》とは何かを説明した。

本来、騎士とは王や国、貴族などに仕える者のことである。

主《あるじ》に忠誠と武力を捧げ、文字通り主のために盾となり剣となる者のことを騎士と呼ぶ。

高潔な精神と鋼の肉体を要求され、そのためには常に己を律し鍛え続けなくてはならない。そしてその華やかで勇ましい印象から、女性や子供たちからは絶大な人気を誇る。

もちろん、全ての騎士がこの条件に当てはまるものでもないが、世間一般で騎士と問えば、以上のような返答が得られるだろう。

だが、自由騎士は仕えるべき主を持たない。

主を持たない代わりに、世の中の弱者や困っている者たちのために剣を取る者を、ラルゴフィーリ王国では自由騎士と呼んでいるという。

とはいえ、誰もが自由騎士を名乗るわけではない。

先述したように、騎士とは主に仕える。そして、その主から俸給を得て生活の糧とするのだ。

そのため、主を持たない自由騎士には決まった収入がない。

生きていくためには、どうしたって何らかの収入が必要なことは、子供でも知っている。

そのため自由騎士となった者は、どうしても金銭的には苦境に追い込まれることが多い。

華やかで名誉ある騎士と違い、自由騎士は名誉や名声こそ騎士に劣らないものの、どうしても地味な印象を与えてしまう。

以上の理由から、自ら自由騎士を名乗る者は少ない。また、なろうとする者もあまりいないのが現実なのである。

自由騎士についての説明を聞いた辰巳は、騎士というより勇者に近い存在かもしれない、という印象を受けた。

「モルガーは、これまで困っている人たちのために、数多くの魔獣や魔物を倒してきました。決して金銭を要求するようなこともなく、ただそこに困っている人がいるからという理由だけで。もちろん正式な依頼であれば、神殿から報酬は出ます。ですが、彼は神殿からの依頼でなくても、己の意思で困っている人のために剣を取るのです。そんな彼が《自由騎士》と呼ばれるようになったのは、自然なことだと私は思います」

「……それで、彼が困っている人のために戦う時……チーコも一緒だったんだろ？」

「……そうですね……私も神官として……そして、彼の友人として……彼を手助けしてあげたかったのです……で、ですがっ!!」

カルセドニアは勢いよく辰巳へと振り向いた。

「わ、私はそ、その、あくまでも友人としてですね……け、決して、世間で噂されているように、か、彼のことを……な、なんて事実は絶対にありませんからっ!!　わ、私が想っているのは……」

真っ赤な顔で。それでも必死な表情で。辰巳にはカルセドニアが何を言いたいのか理解できた。

先程カーシンも話していた、《自由騎士》と《聖女》の噂のことを彼女は気にかけていたのだろう。

だから辰巳はにこやかに答えてやる。

「分かった。噂は噂でしかないってことなんだな？」

「は、はい……っ!! し、信じていただけますか……?」

「もちろん、信じるよ」

心持ち頭を下げ、上目使いでじっと辰巳を見つめるカルセドニアの頭を、辰巳は掌でぐりぐりと撫で回した。

「さ、それよりも早くジュゼッペさんに、家が決まったことを報告に行こう」

「はいっ!!」

街に出た時にそうしていたように、カルセドニアは辰巳の腕を抱え込むと嬉しそうに彼にそっと寄り添った。

片鱗

腕の半分ほどの長さに切られた丸太を立て、それに向かって手斧を振り下ろす。

振り下ろされた手斧は丸太をすぱりと縦に割り、刃が丸太の下の地面に僅かに食い込む。

二つに割った丸太を再び立て、もう一度手斧を振り下ろす。

かこーんという心地よい音と共に、半円状だった丸太が今度は四分の一の扇形へと姿を変えた。

四分割した丸太を纏めて傍らへ放り投げると、再び新しい丸太を立てて手斧を振り下ろす。

ぱかーんという快音と共に丸太が見事に割れたことを確認すると、辰巳は手の甲で額の汗を拭う。

今、彼が行っているのはいわゆる薪割《まきわ》り。

辰巳は昨日決心したように、神殿の下働きに精を出していた。


「……こ、これを割るんですか……？　ぜ、全部……？」

目の前に山と積まれた丸太を前にして、辰巳は掠れた声でそう尋ねた。

「ああ、そうだ。神殿って所は大所帯だからな。燃料の薪も毎日大量に消費するんだ。だから薪割りは大事な仕事なんだぜ、新入り」

辰巳を神殿の裏庭まで案内した巨漢で厳つい顔の中年男性は、がはははと豪快に笑いながら彼の背中をばしんと叩いた。

突然背中を叩かれて、辰巳は思わずたたらを踏む。その際、彼が首からかけた聖印が、ちゃりっと音を立てて揺れる。

「確か……タツミとか言ったな？　ほら、こいつを使え。こいつで丸太を全部、縦に四分割するんだ」

そう言って中年の男性が差し出したのは、使い込まれた手斧だ。

「四の刻になったら休憩だからな。それまでがんばりな」

そう言い残し、中年の男性はのっしのっしと大股で立ち去った。

ちなみに、四の刻とは日本時間で言えば大体正午のことである。

辰巳が自分の腕時計で計ったところ、太陽は大体六時頃に顔を出し、そしてそれから二時間ごとに各神殿は時を告げる鐘を鳴らす。

午前六時に一回、午前八時に二回と、二時間ごとに一回ずつ鐘を鳴らす回数は増えていき、午後六時に七回を鳴らした所で日没となる。

そして、それぞれ鐘を鳴らす回数に合わせて一の刻から七の刻まで呼び名が付けられている。夜間は鐘を鳴らすことはなく、特に呼び名も定められていないようだった。

カルセドニアに聞いたところ、鐘を鳴らすタイミングは日時計で計っているとのこと。また、雨天や曇天の時のためにタイマーのような機能を持つマジックアイテムがあるらしいが、このアイテムは極めて稀少かつ高価なため、最高司祭であるジュゼッペ以外には触れてはいけない門外不出の宝物で、カルセドニアでさえ実際には見たことがないらしい。

一日のサイクルは二十四時間と地球と同じらしいが、毎日午前六時に太陽は昇り午後六時に沈む。地球のように季節による昼夜の長さの変化はないのだろうか、と辰巳は疑問を感じる。

まだこちらの世界に来て三日目なので、昼夜の長さの変化をしっかりと計測したわけではない。だが、もしかするとこちらの世界は大地が動くのではなく、天体の方が規則的に動いている天動説の世界かもしれない。

辰巳はまだ知らないことだが、こちらの世界では大陸と海は星界《せいかい》と呼ばれる中に浮いていると考えられている。

北と東の海の端には巨大な滝があり、どこからともなく大量の海水が海へと入り込んでおり、南と西の海の端も同じく巨大な滝になっているものの、こちらはどこへともなく海水が落ち込んでいる、というのが一般的に信じられている世界観である。

中には南と西の滝に落ちた海水が、虚無の世界を通って再び北と東から流れ込んでいる、という説を唱える賢者もいるそうだが、海の端にあるという巨大な滝を見た者は一人もいないので、それが本当かどうかは定かではない。

そして、その星界を更に超えた向こう側に、神々が住まう神界があると信じられている。

それはともかく、辰巳は山と積み上げられた丸太を呆然と見上げていた。

だが、いつまで見ていても、それで仕事が減るわけではない。辰巳は覚悟を決めると、着ている神官服の袖を捲《まく》り上げて気合いを入れた。

今、彼が着ているのは元の世界から着ていた服ではなく、ジュゼッペから支給された神官服である。

昨日カルセドニアと街に出た際に、普段着になる衣服や下着の類も何着か購入しておいたが、神殿の仕事をする時は神官服を着用する義務があるとのことなので、辰巳もこの神官服に袖を通しているのだ。

また、辰巳はジュゼッペより神官として正式に位を授けられた。とはいえそれは最下級の下級神官であるが、これで彼のこちらでの身分も一応は確立したことになる。

神殿という組織は国とは独立しているので、神殿に属するだけである程度の身分――聖職者は賢者などと同等の知識階級とされる――を有することになるのだ。

もちろん、誰でも神殿に属することができるわけではなく、本来ならばある程度の審査を通らなければ入門することは許されない。辰巳がそれらを素通りして最下級とはいえ神官の身分を手に入れられたのは、間違いなくどこかの最高司祭がその権力を行使したからだろう。


さて、と改めて丸太の山と対峙しつつ、辰巳は自分が着ている白い神官服へと目を落とした。

果たして、仕事とはいえこの白い神官服を汚してもいいのだろうか、という疑問を感じたからだ。

彼が身に着けている神官服は、下級神官のもので色は白いものの神殿内では「作業着」として認識されている。そのため、いくら汚しても咎められることはない。もっとも、汚してしまった場合は自分で洗うことになるのだが。

神官の着る神官服と身に着ける聖印は、その地位によってデザインが違う。

ちなみに、先程辰巳を裏庭まで案内した人物は、下働きの下級神官の監督役を務める上級神官で、名前をボガードという。

いつまでも悩んでいても仕方ないと割りきった辰巳は、そのボガードから手渡された手斧を何度か振ってみる。その感触を確かめた辰巳は手近にあった丸太を一本、地面に立てる。

そして、手にした手斧を軽く一振り。手斧の刃が丸太に食い込むと同時に、丸太はぱかんと見事に真っ二つに割れた。

「あれ……？　そんなに力を込めていないけどな……？」

予想よりも遥かに簡単に割れた丸太を、辰巳は首を傾げながら見つめる。

「まあ、いいや。簡単に割れるに越したことはないし」

そうして、どんどんと辰巳は丸太を割っていく。

本来、薪割りをする時は、台となる石や木に丸太を叩きつけて割るものだ。地面に叩きつけても、柔らかい土の上では上手く割ることが難しいからだ。

当然ながらこれまで薪割りなどしたことのない辰巳は、それを知らずにどんどんと地面に叩きつけて丸太を割っていく。それが少しばかり異常なことだと気づかぬままに。

途中、神殿の鐘が二回と三回鳴ったが、薪割りに集中している辰巳はそれに気づかなかった。

やがて正午である四の刻を知らせる鐘が四回鳴ってしばらく経ってから、ボガードがのっそりと再び裏庭に姿を現した。

「よぉ、新入り。どのくらい進んで……うおっ⁉」

ボガードは、目の前に積み上げられた薪の山を見て驚きの声を上げた。

本日用意してあった大量の薪用の丸太が、全て綺麗に四つに割られて薪へと姿を変えていたのだ。驚くなというのが無理だろう。

「あ、ボガードさん。言われた通り、丸太は全部割りましたよ」

積み上げられた薪の前で地面に座り込んでいた辰巳が立ち上がり、驚いて声も出せないボガードにのほほんと声をかけた。

「い、いいや、全部割ったって……半日で全部割っちまったってのか……？　あれだけの量を……？」

ボガードは何度も辰巳と薪の山を見比べた。

今朝方、突然彼の前に現れた一人の青年。ラルゴフィーリ王国ではまず見かけない、珍しい黒髪と黒瞳を持った青年は、本日から神殿で下働きをする新入りの下級神官だという。

どうやらボガードよりも上の地位の誰かから、彼の指示に従って仕事を進めろと言われて彼のところへ来たそうだ。

ボガードは、その逞しい腕を組みながらじろりと無遠慮に黒髪の下級神官を観察した。

背丈はあまり高くない。巨漢のボガードに比べれば、その身長は頭一つ以上は違う。

身体の方も細っこく、腕の太さなどボガードの半分ほどしかない。まるで女みたいな腕だな、と内心で思いながら辰巳を観察したボガードは、力仕事は無理そうだと判断して薪割りをさせることにした。

薪割りとて相当な力が必要だが、井戸から汲み上げた水運びや、毎日のように運び込まれる神官たちの食料を運ぶ重労働よりはマシだろうと思ったからだ。

こう見えて、ボガードは意外と部下思いの男だ。巨漢と厳つい顔のせいで一見しただけでは恐そうに思えるが、しっかりと仕事する者にはしっかりと報いる人物なのだ。

できそうな仕事をできそうな人物へ回す。それもまた、ボガードの仕事なのである。

そのボガードの見立てでは、辰巳の細腕──あくまでもボガードの基準で──では四の刻までに四分の一も終わらせてあれば十分だと考えていた。しかし、実際には四分の一どころか全て終わらせてしまうとは。たとえボガードといえども、あれだけの量の丸太を半日で全て四分割することは不可能なのに。

最初こそぽかんと辰巳と薪の山を見つめていたボガードだったが、その厳つい顔に男くさい笑みを浮かべた。

「ははははは！　意外とやるじゃねえか、新入り……いや、タツミ！　見直したぜ！」

ボガードはばんばんと辰巳の肩を叩くと、その場に再び座るように促した。

「これだけの仕事をしたんだ。相当腹も減っただろ？　一緒に飯でも食おうや」

ボガードは持参していた布包みを開き、中から何かを挟み込んだパンのようなものを取り出した。

それを美味そうに頬張りつつ辰巳を見れば、なぜか彼は呆然としたように立ち尽くしている。

「どうした？　早く座って飯を食え。休憩時間だってそれほど長くはないぜ？」

「あ、いや、その……実は飯が……」

そう言いながら、困ったように後頭部を掻く辰巳。彼はこの瞬間まで、昼休みに食事をすることをすっかり忘れていたのだ。

どうやらラルゴフィーリ王国でも、食事は一日に三回摂る習慣らしい。一の刻（午前六時頃）と二の刻（午前八時頃）の間に一回と、四の刻（正午頃）前後に一回、そして七の刻（午後六時頃）以降に一回の都合三回である。

後は、五の刻（午後二時頃）と六の刻（午後四時）の間に、軽い軽食を摂ることもあるという。

それらのことを昨日のうちにカルセドニアから聞いていたのだが、それをすっかりと忘れていたのだ。当然、辰巳は昼食の用意などしていない。

困った辰巳が立ち尽くしていると、ボガードは呆れたように辰巳を見上げた。

「なんだぁ？　飯の準備をしてこなかったのか？　……となると、食堂まで行かなくちゃならんな」

神殿の一角には、神官に食事を提供する食堂がある。とはいえ、辰巳はまだその食堂を利用したことがない。彼がこちらの世界に来てから、彼の食事はカルセドニアがずっと用意してくれていたからだ。

その食堂では修行の一環として持ち回りで下級神官が料理当番を務めるのだが、その食堂は辰巳たちがいる裏庭からは少々距離がある。

「まあ、おまえにやってもらおうと思っていた仕事は全部片づいちまったし、少しぐらい食事が終わるのが遅くなっても構やしないが……おまえさえ良ければ、俺のを少し分けてやろうか？　ま、俺の女房が作ったモンだから、味の方は保証しないがな？」

がははははと笑うボガードは、再び辰巳に座るように勧めた。

「いえ、折角ボガードさんのために奥さんが作ったものを、俺がもらうわけにはいきませんよ。俺はこのまま食堂まで行ってきます」

「そうか？　慌てなくていいから、ゆっくり食ってこい」

ボガードに了解した旨を告げて、辰巳は食堂へ向かって歩き出した。

いや、歩き出そうとした。

辰巳が神殿内と裏庭を繋ぐ扉へと振り向いた時、その扉が勝手に開いた。もちろん、扉が勝手に開くわけがない。となれば、誰かが神殿の中から扉を開けたのだ。

扉を開けたその誰かは、扉から頭を出してきょろきょろと周囲を見回す。それに合わせて、頭の上から飛び出した一房のアホ毛もひょこひょこと揺れる。

そして、辰巳の姿を見つけた途端に、にっこりと花が咲くような笑顔を浮かべた。

「ご主人様！　お食事をお持ちしました！」

「チーコ。わざわざ食事を持ってきてくれたのか？」

「はい。ご主人様がどこでお仕事をされているのか分からなかったので、あちこち探してしまって遅くなってしまいました。申し訳ありません」

ぱたぱたと辰巳へと近づいたカルセドニアは、ぺこりと一礼すると持参した包みを彼へと差し出した。

「ありがとう、チーコ。ところで、チーコはもう食べたのか？」

「いいえ、その……ご、ご主人様さえよろしければ、一緒に食べようかなー、なんて……」

ほんのりと頬を染めて、恥じらいを見せつつそう言うカルセドニア。もちろん、辰巳が彼女の提案を断る理由はない。

「うん、一緒に食べよう。あ、そうだ」

ここでようやく、辰巳はボガードのことを思い出した。彼にカルセドニアも同席していいか聞こうと思い、彼の方へと振り返る。

「ボガードさん……あれ？」

そのボガードは、口をあんぐりと開けたまま石化でもしたかのように、身動き一つせずに辰巳たちを見つめていた。

彼の手から、食べかけのパンがぽろりと落ちる。それを合図にしたかのように、ようやくボガードが動き出した。

「か、かかかかかかカルセドニア様ぁっ⁉　せ、《聖女》様がどうしてタツミの飯を……っ⁉」

驚きに目を見開いたボガードが、何度も辰巳とカルセドニアを見る。

一方、見つめられたカルセドニアは、不思議そうに少し首を傾げつつ辰巳に尋ねた。

「ご主人様？　こちらの方は……？」

カルセドニアとて、神殿関係者全員の顔と名前を知っているわけではない。いや、どちらかというと彼女の知人は神殿でも高い地位にいる者に限られているので、地位が高くはないボガードは彼女の交友範囲からは外れていたのだ。

「ああ、今日の仕事でお世話になったボガードさんだ」

「まあ、そうだったのですか。ボガード様、主人がお世話になっています」

「しゅ、しゅじぃん……っ⁉」

ボガードに対して一礼するカルセドニアと、素っ頓狂な声を上げるボガード。カルセドニアの「主人」という一言を、ボガードは「夫」という意味に捉えたようだった。

カルセドニアは「主」という意味——正確には飼い主——で口にしたのだが、この場合は誰だってボガードと同じ誤解をしただろう。

「そ、それじゃあ、タツミは……いや、タツミ様は……」

誤解のために言葉を改めたボガードの近くにカルセドニア共々腰を下ろしながら、辰巳はぱたぱたと手を振る。

「嫌だな、ボガードさん。急に様なんてつけないでくださいよ」

「い、いや、だってよ……」

「構いませんよ。俺はあくまでも新入りの下働きです。俺とチーコ……カルセドニアは別の人間なんですから」

「お、おまえがそう言うのなら……か、カルセドニア様も、それで構いませんか？」

「はい。ご主人様がそうおっしゃるのなら。私はご主人様のご意思を尊重するだけです」

「はぁ……。しっかし、《聖女》様にそこまで言わせるとは……」

ボガードは太い顎を親指でさすりながら、改めて辰巳とカルセドニアの様子を見る。

普段の凛とした雰囲気が嘘のように、恋する乙女を体現しているカルセドニアと、そのカルセドニアにあれこれと世話を焼かれながらも、それを平然と受け入れている辰巳。

今の二人の姿は、まるで長年連れ添った夫婦のようで。少なくとも、ボガードの目にはそう映っていた。


その後、三人で楽しく食事をした。

最初こそ《聖女》が同席したことで縮こまっていたボガードだったが、彼自身の細かいことには拘らない性格からか、すぐにカルセドニアとも親しくなった。

とはいえ、最高司祭の孫娘にして噂に名高い《聖女》が相手なので、普段周囲の者たちに接するよりは随分と丁寧だったが。

やがて、楽しかった食事も終わり、三人は食事の後片付けを済ませて立ち上がった。

「さて、タツミ。実を言えば、おまえさんに今日やってもらうつもりだった仕事は全部終わっちまったんだ。これからどうする？」

「他に何か手伝えることがあれば、そちらを手伝いますけど？」

「そうか？　じゃあ、悪いがおまえが割った薪の四分の一程度を厨房まで持っていってくれ。残りは薪の貯蔵場所があるからそこへ運ぶんだ。貯蔵場所は今から俺が案内しよう。で、それが終わったら今日の仕事はおしまいだ」

立ち上がった辰巳とボガードは、午後からの仕事に関しての打ち合わせを行う。

そして、ボガードと親しげに話す辰巳の姿を、カルセドニアは微笑みながら見守っていた。

「うっし！　じゃあ、午後からもがんばるか！」

「はい、がんばってくだ……？」

気合いを入れるように自らの頬を両手でぱちんと叩く辰巳。そんな辰巳に激励の言葉をかけようとして、カルセドニアはなぜかその途中で言葉を途切らせた。

「どうした、チーコ？」

「あ、い、いえ、何でもありません……」

歯切れの悪いカルセドニアの様子に、辰巳は内心で首を傾げるもののあえてそれ以上は尋ねることはせず、薪の貯蔵場所を教えてもらうためにボガードの後についていった。

そんな辰巳の背中をじっと見送りつつ、カルセドニアは誰に聞かせるでもなくぽそりと呟く。

「今、一瞬……ほんの一瞬だけ、ご主人様から魔力を感じたような気がしたけれど……気のせいかしら？」

異変

薪の貯蔵場所にあった運搬用の背負子《しょいこ》に薪を括り付け、辰巳は裏庭と厨房を何度も往復する。

背負子に積み込めるだけの薪を括り付けても、午前中に辰巳が割った薪の数が数なので、二回や三回では運びきれない。

既に十回以上も裏庭と厨房を往復した辰巳だが、なぜか予想していたほどには疲れなかった。

しかも、背負子に限界まで薪を括り付けてそれを担ぎ上げるのだが、こちらもまた思っていたほどには重く感じられない。

午前中の薪割りの時にも薄々とは感じていたが、どうも自分の体力や筋力といったものが上昇しているようだった。

「これってもしかして……アレか？　やっぱり……アレなのか？」

小説などの異世界転移ものでよく見かける、いわゆる異世界補正。異世界に転移したことで、身体能力などが以前よりも遥かに高くなるという例のアレである。

ジュセッペやカルセドニアは、彼には魔力は全くないと言っていた。その言葉に嘘はないだろう。しかし、異世界補正と魔力は別物なのかもしれない。

魔力や魔法によらない身体能力の上昇。それならば、魔法使いであるジュゼッペやカルセドニアが、判別できなくても不思議ではないような気がする。

これはいよいよ異世界モノっぽくなってきたぞ、と内心でうきうきした高揚感を抱く辰巳。自然、薪を運ぶ作業もよりスピーディになる。

背負子に山のように薪を積み込み、軽々とした足取りで何度も裏庭と厨房を往復する辰巳を、厨房で働いていた下級神官や、通りかかった神官たちが奇異なものを見る目で見つめる。

「……あんた、凄えな。それ、重くないのか？」

厨房で仕事をしていた茶色い髪と同色の瞳の神官が、背負子の積載量限界まで薪を積んだ辰巳を見て呆れたように言った。

「全く重量を感じないってわけじゃないけど……思ったよりは重くはないんだ」

「ふーん……どれ、ちょっと俺にも担がせてみ？」

辰巳の様子に興味を引かれたのか、作業の手を休めてその神官は辰巳が地面に置いた背負子に手をかけた。

しゃがみ込んで背中に背負子を装着し、ふんっ、と気合いを入れて立ち上がったものの、予想以上の重量にそのままバランスを崩して転びそうになる。

慌てて辰巳が手を差し伸べたため倒れることはなかったものの、その神官は背負子を外すとそのまま地面に座り込んでしまった。

「おいっ!! 無茶苦茶重たいじゃねえかっ!! これのどこがそれほど重くないだよっ!?」

地面に座り込みながら、神官は辰巳に向かって文句を言う。

そんな彼に手を差し伸べて、立ち上がるのを手助けしながら辰巳は苦笑を浮かべた。

「そんなこと言われてもな……実際に俺には重く感じられないし」

再び辰巳が背負子を背負い、軽々と担ぎ上げて見せる。そしてその場でぴょんぴょんと軽く飛び上がったりして、重くはないことをアピールした。

「はー、もしかして、あんた魔法使いか？ 魔法を使って重量を軽くしたりしてんのか？」

「いや、俺は魔法使いじゃないよ。それどころか、俺には魔力が全くないそうだし」

「ふぅん？ 何だか知らんが、あんたが只者じゃないことは間違いなさそうだ。そうそう、俺の名前はバースってんだ。見たところあんたも俺と同じ下級神官みたいだし、これから何かとよろしくな」

辰巳の神官服と聖印を見ながら、バースと名乗った神官は辰巳に右手を差し出した。その右手をしっかりと握りながら、辰巳も自分の名前を告げる。

「俺はタツミ・ヤマガタだ。つい最近この国に来たばかりなんだ」

「あ、やっぱり異国の人間か。その黒い髪や黒い目からしてそうだろうとは思っていたんだ」

と、バースは人懐っこい笑みを浮かべた。見たところ年齢も辰巳とそれほど変わらないようだし、彼とはいい友人になれそうだ、と感じて辰巳も微笑む。

元来、辰巳は社交的で誰とでも比較的簡単に友人になれるタイプなのだ。

その彼が高校で孤立してしまったのは、やはり家族を一度に失ったことが大きかった。

これから一人で——正確にはチーコと二人で——生きていかなければならないという重圧と、本当に自分だけで生きていけるのかという不安が、彼本来の社交的な性格をいつの間にか内向的にしてしまった。

また、彼の進学した高校に、中学時代に仲の良かった友人がいなかったという事実もあった。同じ中学からその高校に進学した者も少数ながらいたにはいたが、それは辰巳とはこれまでに接点のほとんどない人間ばかりだったのだ。

もしも、同じ高校に一人でも中学時代の仲の良い友人がいれば、辰巳も高校を中退したりはしなかったかもしれない。

そんな辰巳もこちらの世界でチーコと再会し、徐々に本来の性格に戻りつつあった。今日だけでもボガードやバースといった気の良さそうな人物と触れ合ったことで、これからはその傾向は更に顕著になっていくだろう。

「おっと、いつまでもさぼっていると、侍祭《じさい》様や司祭様に怒られるからな。また今度、暇な時に一緒に飯でも食いながらあれこれ話そうぜ、タツミ」

「うん、了解した。じゃあまたな、バース」

辰巳は軽く手を挙げると、背負子から薪を下ろし始めた。

厨房へ運ぶ分の薪は全て運び、残りもボガードに教えられた貯蔵場所に積み上げ終わる。

疲労感はあるものの、あれだけの量の薪を運んだにしては、本当に僅かなものでしかない。これはいよいよ、本当に異世界補正が働いたのか——と思っていたら、突然怒涛のような疲労が彼の身体にのしかかってきた。

「あ、あれ……？」

突然のことに思わずその場に尻餅をつく辰巳。立ち上がろうとするものの、思うように身体に力が入らない。

「ど、どうなっているんだ……？」

しばらく座り込んだまま、肩で大きく息をしているうちに何とか身体が動くようになってきた。

ふらふらしながらも立ち上がり、神殿の建物の外壁伝いにゆっくりと歩き出す。

「よ、よく分からないけど……仕事が終わってからこの状態になったのは幸いだったな……」

この突然の疲労感が仕事中に襲ってきていたら、担いでいた薪に押し潰されたかもしれない。まあ、押し潰されるは少々大袈裟にしても、倒れた拍子にどこか怪我をした可能性は高かっただろう。

ボガードによれば、今日の仕事はもうないらしい。昼食を食べている時に、カルセドニアと仕事が終わったら会う約束をしてあるので、待ち合わせ場所である神殿の正門へとゆっくりと移動する。

山のような薪を運んでいた時とは裏腹な遅々とした速度で、それでも何とか正門が見える場所まで辰巳はやってきた。

どうやら既にカルセドニアは辰巳を待っていたようで、彼の姿を見て顔を綻ばせるものの、辰巳の様子がおかしいことにすぐに気づいて慌てて彼の元へと駆け寄ってきた。

「ご主人様っ⁉　どうされたのですかっ⁉」

「それが、よく分からないんだ……仕事が終わった途端、急に疲れが襲ってきて……」

カルセドニアは素早く辰巳の様子を検分し、特に外傷などはないことを確かめる。

「見たところ極度の疲労のようですけど……」

各神殿には、急病人や怪我人などが毎日のように運び込まれる。神殿は神へと祈りを捧げる場所であると共に、怪我人や病人に手当てを施す医療所でもあるからだ。

そのため、神官の務めの一環として神殿の医療所で怪我人や病人の治療に臨み、それなりに医療知識もあるカルセドニアは、今の辰巳の症状を的確に診断する。

「待っていてください。すぐに治療しますので」

カルセドニアは辰巳の額の前に右手をかざすと、朗々とした調子で呪文を詠唱する。

詠唱に合わせて彼女の右手が銀の光に包まれ、その光は徐々に辰巳の身体へと伝わり身体の中へと浸透していく。

銀の光はすぐに全て辰巳の身体に吸い込まれ、それに合わせて辰巳の身体がすぅっと楽になった。

「ありがとう、チーコ。今のが治癒魔法ってやつか？」

「はい。〈光〉〈聖〉系統の《体力賦活《ふかつ》》という魔法で、疲労を軽減させる効果があります。ただ、持続時間が続く間だけの一時凌ぎですが」

「うん、それでも助かる。時間が経てば体力も自然と回復するだろうし」

「それで、一体どうしてこんなに疲労を？　もしかして、お仕事がんばりすぎちゃいましたか？」

カルセドニアの手を借りて立ち上がった辰巳は、自分の身体に起こったことを彼女に説明した。

「うーん……聞く限りですと単なる疲労のようですね。でも症状だけ見ると、まるで初心者の魔法使いが限界を知らずに魔法を使えるだけ使ってしまった時によく似ています」

カルセドニアいわく、魔法を使用する際に消費されるのは魔力だけではなく、体力も消耗するのだとか。ただ、体力の消耗は魔法を行使する経験を積むごとに軽減されていく——すなわち、慣れていくものらしい。

そのため、初心者の魔法使いが限界まで魔法を使用すると、今の辰巳のように極度の疲労状態に陥ることがあるのだそうだ。

「だけど、俺には魔力なんて全くないんだろ？　それに魔法なんて使った覚えはないし……ってか、そもそも魔法なんて使えないぞ」

「そうなんですよねぇ……」

伸ばした人差し指を顎の下に当て、カルセドニアは考え込む。

彼女が気になっているのは、昼食後に辰巳から僅かに魔力が感じられたような気がしたことだ。

あの時は気のせいだと思ったが、それが気のせいでなかったとしたら。

改めて、カルセドニアは辰巳の全身を見てみる。魔法使い特有の魔力を感じる感覚を最大に働かせるが、それでもやはり辰巳から魔力は全く感じられない。

「やっぱり、ご主人様には魔力は全くありませんね……」

「まあ、ここでこうしていても始まらないな。それよりも予定通りに買い物に行くか？」

カルセドニアと交わした約束は、一緒に暮らすのに必要な家具や食器などの生活必需品を、街で一緒に探そうというものだった。

「ご主人様がお疲れのようでしたら、無理して買い物に行く必要はありませんよ？　家の準備が整うまでまだ余裕がありますから」

カルセドニアの元に届いたカーシンからの知らせでは、家の手入れに三日ほど必要らしい。その間に家具などは用意すればいいので、何も今日絶対に買い物に行かなくてはならないわけではないのだ。

「でも、今日はこれからすることもないしな。できれば、もう少しゆっくりと街の様子も見てみたいし――」

――それに何より、チーコと一緒にいたいんだ。

という一言を、辰巳は咄嗟《とっさ》に飲み込んだ。それを口にするのが何となく恥ずかしくて。いや、物凄く恥ずかしくて。

なぜか急に顔を赤らめた辰巳を、カルセドニアの紅玉《ルビー》のような瞳が不思議そうに見る。

まるでカルセドニアに心の中を見透かされたような気がして、辰巳は頬を赤くしながらさっさと歩き出した。

一体、何者なのだ、あの男は。

《聖女》と仲睦まじく街へと向かって歩き出した男の背中を、まるで射抜くような鋭い視線で彼はじっと見つめる。

サヴァイヴ神殿の最高司祭が直々に招いたという、黒髪黒瞳の異国の青年。

特徴と言えば、この国では珍しい髪と目と肌の色だけの男。力に秀でている様子もなく、卓越した魔法使いというわけでもない。

最高司祭が直々に招いたと聞いたので、当然それなりの身分の人間なのかと思えば、なぜか下級神官の神官服を着て、せっせと雑用をこなしているところを見かけた。とてもではないが、身分のある人間のすることとはとても思えない。

ではなぜ、クリソプレーズ最高司祭はあの男を異国からわざわざ招いたのだろうか。そして、なぜカルセドニアはあの男に、あれほどまでに嬉々とした表情で尽くしているのだろうか。

彼の中で、様々な疑問が湧き上がってくる。しかし、その疑問に対する答えは一向に見出せない。

そのことが、彼の苛立ちを加速させていく。

もしや。

それまで彼が敢えて考えないようにしていたものが、どうしても頭を過ってしまう。

もしやクリソプレーズ最高司祭は、あの男とカルセドニアを結婚させようとしているのでないか、という考えが。

だが、それもおかしいと彼は自分に言い聞かせる。

王族の求婚でさえ受け入れようとしなかったカルセドニアである。その彼女が下級神官ごときと結婚するとはどうしても思えない。

あの男の正体がどうしても分からなくて、彼の気持ちはどんどんとささくれていく。

そして同時に、カルセドニアがあの男に奪われるかもしれないという恐怖が、きしきしと彼の心を締め上げる。

まるで場末の娼婦のように、男の腕に縋り付く《聖女》。そんな彼女の姿を見ていたくなくて。

それでも目を離すことができなくて。

その時だった。

遠ざかり行く二人の背中をじっと見つめる彼の耳元に、声ならぬ声が聞こえたのは。


——奪われるぐらいならば、先に奪ってしまえばいいだろう?

秘めた想い

「して、婿殿の様子はどうじゃな？」

ジュゼッペは自分に茶を差し出してくれた、自身の補佐官であるバルディオに尋ねた。

「彼なら今日は下働きをしていたようですよ。五の刻頃まで仕事をした後は、カルセと一緒に街へ出かけたようです……失礼ですが、猊下。あの者は一体何者なのですか？」

「む？　婿殿のことが気になるのかの？」

「そりゃあ、気になりますよ。私もカルセとは、彼女が猊下の養女になった時からの長い付き合いですからね、言ってみれば彼女は妹みたいなものです。その妹がどこの誰とも知れない男と親しくしているんですから、兄代わりとしては気になるのは当然ですよ」

真剣にカルセドニアのことを気にかけているらしい補佐官に、ジュゼッペはにこりと笑みを浮かべた。

「お主が気にかけてくれるのは儂としても嬉しいが、婿殿という存在が目の前に現れた今、もうカルセを止めることは誰にもできんよ。一度目標を見定めたあやつは、たとえどんな障壁が立ちふさがっても乗り越えて……いや、打ち壊してでも突き進むじゃろう。これまでがそうだったようにの。お主もよく知っておろう」

「確かに……あれで彼女は過激なところがありますからね」

これまでの彼女のことを思い出したのだろう。バルディオは苦笑を浮かべた。

「そんなことを聞かされたら、尚更彼が何者なのか知りたくなったじゃありませんか」

「ほっほっほっ。悪いが今はお主にも婿殿のことは詳しくは言えん。ただ、遠い異国から来たとだけは言っておこうかの。そして、カルセはその婿殿と出会うために、今まで努力してきたのじゃ」

「そう……ですか……。でも、そうなると、彼はどうするでしょうか？」

「……モルガー、か……」

密かにカルセドニアに想いを寄せている一人の男を思い出し、ジュゼッペは顔を顰《しか》めた。


街でカルセドニアとの買い物を終えて、辰巳は彼に宛てがわれた客室に戻ってくると、ふらふらとベッドへと倒れ込んだ。

本来、下級神官は宿舎で寝起きするのだが、数日後には一軒家へ引っ越す予定の辰巳は、ジュゼッペの厚意で最初に案内された客室をそのまま使わせてもらっているのだ。

スプリングの効いたマットレスなど望むべくもないこの世界では、マットレスの代わりにしっかりと乾燥させて揉み解した干し草を袋状のシーツの中に詰めたものが敷布団代わりに使われている。

更に贅沢な品物になると干し草ではなく羽毛などをシーツの中に詰めるが、それは貴族などの裕福な者たちだけが使用する高級品である。

こうしてベッドに寝転ぶ度に、干し草独特の香りが全身を包んでくれる。しかも、この客室のベッドに用いられている干し草の中には、疲れを取る効果のある香草が混ぜられているらしく、毎晩ぐっすりと眠ることができるのだ。

その干し草ベッドの上で大の字になりながら、辰巳が思い巡らせるのは彼と一緒にこちらの世界に来たベッドとギターのこと。

それらの二つはジュゼッペが保管してくれているらしく、数日後に辰巳とカルセドニアが移り住む家の準備が整い次第、そちらに搬入してくれるらしい。

今まで愛用してきたベッドにはもちろん愛着があるが、こちらの世界のこの干し草ベッドも気に入り始めた辰巳は、果たしてどちらを今後は使おうかと贅沢な二者択一に悩まされていた。

とはいえ、本日は神殿での下働きの初日である。慣れないことと原因不明の疲労などもあり、ベッドに寝転んでいるうちにいつしか辰巳はうとうとし始める。

「……いかんいかん。せめて風呂ぐらいは入ってから寝ないと……」

半ば眠りに落ちかけていた意識を強引に引き戻し、辰巳はよろよろと客室を後にした。

サヴァイヴ神殿の一角には、住み込みの神官用の広い浴場がある。

この浴場は高司祭以下の者全員が共同で使用する大浴場であり、当然ながら男女別に分かれている。

最高司祭や大司祭ともなると各自の個室に小さいとはいえ浴室があるし、神殿の外に邸宅を構えている場合も多いので、この共同の浴場を使用することはまずない。

ちなみに、神殿内における身分は、上から最高司祭、大司祭、高司祭、司祭、侍祭、上級神官、下級神官の順である。

この内、最高司祭は各教派に一人だけ存在し、大司祭は各地の神殿の長となる場合が多い。地方の小さな礼拝所ともなると、高司祭どころか司祭が責任者となっている場合もよく見かけられる。

この浴場の湯は、神官の中で〈火〉系統を持つ魔法使いが持ち回りで沸かしているそうで、当然ながらカルセドニアにもこの役目が時々回ってくるらしい。

脱衣所で着ていた服を脱ぎ、タオル――というより手拭に近いものだけを持って辰巳は浴場に入る。

神官は神に仕えるというその役目上、身体を清潔に保つことが義務づけられている。そのため、日が沈んだ後の時間帯は、一日の疲れと汚れを落とすために浴場を利用する者は多く、浴場はとても混雑していた。

そんな者たちに混じって、辰巳は浴槽にじっくりと浸かる。世界は変わっても、風呂の心地よさだけは一緒だな、なんてことを考えていると、不意に彼の名前を呼ぶ声がした。

「あれ？　タツミか？　おまえも風呂に来ていたのか？」

声に反応して振り返ってみれば、そこには昼間厨房で出会ったバースという下級神官がいた。

彼は無遠慮に全裸を晒しつつ、人懐っこい笑みを浮かべながら辰巳の横に身体を沈めた。

「バースも来ていたのか？」

「ああ。一日の仕事の疲れを癒すには風呂が一番だからな」

バースに言われて周囲を見回すと、確かに皆気持ちよさそうに風呂に浸かっている。

「ふーん。この国でも風呂は親しまれているんだな」

「お？　ってことは、おまえの故郷にも、やっぱ風呂はあるのか？」

「ああ。風呂には毎日入るよ。中には昼間でも入る人もいるな」

「そりゃまた贅沢な。風呂なんて湯を沸かすのが大変だから、一日の中でも限られた時間にしか入れないのがこの国の常識だぜ？」

指先でパネルを操作すれば簡単に湯が沸かせる日本と違い、こちらでは大量の湯を沸かす方法は限られているため、一日の内でも限られた時間にだけ風呂に入るのだろう。

そのため、その限られた時間に人が押し寄せるので、こうして大浴場が混雑するというわけだ。

「でもまあ、こうして毎日風呂に入れるんだ。いろいろと厳しい修行や作業なんかも多いけど、神官になって大正解だな」

「ってことは、神官になる前は毎日風呂に入れなかったのか？」

「ああ。俺は地方の小さな村の出身だからな。この王都のように大衆浴場なんてなかったから、身体を洗うのは川しかなかったんだ。だから、こうして毎日風呂に入るのは俺の夢の一つだったんだぜ」

湯の中で身体を伸ばしながら、バースは夢が叶ったためか幸せそうな笑みを浮かべる。

「そういや、タツミはいつからこの神殿に？　最近まで全然見かけなかったよな？」

「俺がここに来たのは二日前だな」

「へー、やっぱりな。でもこれからは何かと一緒になるだろ？　改めてよろしくな」

「あー、そのことなんだけど……」

辰巳は、近々神殿を出て一軒家に移る予定であることをバースに告げた。

「おいおい。こっちに来ていきなり一軒家暮らしだとぉ？　そういや、タツミには姓があるみたいだし、もしかして故郷では貴族の家の出か？」

バースの口振りからして、この国では平民には姓はないのだろう。

「俺のいた国では、平民でも姓があるんだよ。だから別に俺は貴族でも金持ちでもないさ」

ばしゃばしゃと湯で顔を洗いながら、辰巳はバースと同じように湯の中で身体を伸ばす。

やはり、日本人にとって風呂はなくてはならないものであることを、辰巳はしみじみと実感する。

「でもよ、タツミ？　一軒家暮らしってことは……一人暮らしってワケじゃないよな？」

湯の中で弛緩しきっていた辰巳の身体が、一瞬でぴきーんと硬直する。

そして、そんな辰巳の様子を見て、にやにやと意味有りげな笑みを浮かべるバース。

「ほほぅ。その様子からすると、やっぱり一人じゃないんだな？　で？　相手は誰だよ？　やっぱ、この神殿の人間か？」

「い、いや、その……」

果たして、ここでカルセドニアの名前を出していいものか、と辰巳は悩む。

昼間のボガードの様子からして、一緒に暮らす相手がカルセドニアだと知れば、おそらくバースも驚くに違いない。そして、この浴場には彼以外にも多くの人間がいるのだ。

その中で自分がカルセドニアと一緒に暮らすことが知れれば、ちょっとした騒ぎでは済まないかもしれない。それぐらいカルセドニアが特別な存在であることは、既に辰巳も承知していた。

どう言ってこの場を誤魔化そうかと湯の中で汗を流しながら必死に考える辰巳の肩を、バースは
「分かっているから皆まで言うな」と目で語りながらぽんと叩いた。

「ま、引っ越しして落ち着いたら、一度俺をその家に招待してくれよな？　で、その時に改めて嫁さんも紹介してくれ。あ、何だったら、引っ越しの時に手伝ってやろうか？」

「あ、ああ。了解だ。その時は頼りにさせてもらうよ」

何とかこの場をやり過ごせたことで、辰巳は再び湯の中で身体の力を抜いた。


その後はバースと取り留めのない話をしながら、身体や頭を洗ってから彼と一緒に浴場を後にする。

ちなみに、世間では石鹸《せっけん》も高級品に類されるが、神殿では下級神官も石鹸の使用が許されていた。

身体を拭いて服を着る。そしてバースと連れ立って廊下へと出た時、辰巳たちはとある人物とばったりと出くわしてしまった。

「あら、ご主人様？　ご主人様もお風呂だったのですか？」

濡れた髪を手拭で拭きつつ、そう声をかけてきたのはもちろんカルセドニアであった。

湯に浸かって薄桃色に上気した頬や濡れたままの髪が、今の彼女を普段よりも一層艶めかしいものに変えている。

そんなカルセドニアの姿を見て、どくんと辰巳の心臓が一際強く鼓動した。

「あ、ああ。チーコも風呂だったんだな」

どきどきと激しく鼓動する心臓の音が聞こえるのではないか、と変な心配をしながら辰巳が応えを返せば、カルセドニアは少し恥じらうようにやや顔を俯かせて言葉を続けた。

「あ、あの……ご主人様さえよろしければ……後でお部屋をお訪ねしてもよろしいでしょうか？　これからの……ご一緒に暮らす上でのこととか、いろいろと相談したいことがあって……あ、その時に私が焼いた焼き菓子とお茶を一緒にお持ちしますね。それとも、お茶よりもお酒の方がよろしいですか？」

「あ、い、いや、お茶でいいよ」

「承知しました。では、後ほど」

辰巳が了承してくれたことが余程嬉しかったのか、カルセドニアはぱあああっと輝くような笑みを浮かべて一礼すると、足取りも軽くその場を後にした。

彼女のそんな様子を微笑ましく思いながら、辰巳が自分の部屋へ戻るために振り返れば。

そこに、驚きで目を見開いたまま固まっているバースの姿があった。

「な、なあ、おい、タツミ…………今のって……《聖女》様……カルセドニア様……だよ……な？」

「あ、ああ、うん……そ、そうだけど……」

「い、今のおまえと《聖女》様のやり取りからして……おまえが一緒に暮らすのって……まさか……」

さて、今度はどうやって誤魔化そうか。いや、さすがにもう誤魔化すのは無理だろうなぁ。

そんなことを考えながら、辰巳は深々と諦めの溜め息を吐いた。

浴場から出ていくあの男の背中を、どうしても厳しい目で見てしまう。

心の中で猛り狂う炎を、彼は必死に抑え込む。できることならば、今すぐにでもあの男を殴り倒し、首を絞めて息の根を止めたいところだが、周囲にこれだけ人がいてはさすがに行動に出るわけにはいかない。

聞くつもりなどなかったが、つい聞いてしまったあの男の話。

あの男と同じような年頃の、下級神官らしいもう一人の男との会話の中から聞こえてきた、とても無視できそうもないあの話題。

そう。

あの男が近々一軒家に移るという、あの話題だ。

神官が一軒家に移るという意味を、彼も熟知している。そして、あの男が一軒家に移る時、誰と一緒なのかも。

サヴァイヴ教団の最高司祭であるジュゼッペ・クリソプレーズが、自ら異国より招いたあの男。

しかも、そのジュゼッペがあの男を躊躇うことなく「婿殿」と呼んでいる。

つまりあの男は、カルセドニア・クリソプレーズの結婚相手として、祖父であり、養父でもあるジュゼッペがわざわざ異国より招いたのだ。

彼はジュゼッペのことをサヴァイヴ教団の最高司祭として、心から尊敬しているし敬愛もしている。そして、その養女にして《聖女》とまで呼ばれるカルセドニアもまた、彼にとっては尊敬する相手であった。

だがそれ以上に、彼はカルセドニアのことを一人の異性として、これまで長い間秘かに愛してきたのだ。そのカルセドニアを、どこの誰かも定かではない男に奪われていいはずがない。

彼はぎりりっと奥歯を噛みしめる。その音が聞こえたのか、近くで湯に浸かっていた同僚の一人が、不思議そうな顔で彼の方を振り向くが、彼が誰なのかを知ると慌ててその視線を逸らした。

このまま黙ってカルセドニアを奪われてたまるものか。あの男とカルセドニアの間にどのような関係があろうとも、そんなものは自分には関係ない。

心の奥底で荒れ狂う炎が更に高温になるのを感じながら、男は自分でも気づかないうちに暗い暗い笑みを浮かべていた。

心から愛するカルセドニアを、自分の腕に抱き締めることを想像しながら。

魔に堕ちる

「なあ、タツミ」

「どうした、バース？」

辰巳は井戸から水の入った桶を引き上げると、その水を自分が持ってきた水桶へと移し替える。そして、空になった桶を井戸の中へぽいっと投入。桶が水中に沈んだのを確認して、再び桶を引き上げ始める。

その辰巳の後ろで井戸の順番待ちをしていたバースは、一生懸命に同じ動作を繰り返す辰巳に尋ねた。

「どうしておまえ、こんな下働きなんかしてんの？」

「どうしてって……これが俺たちの仕事だろ？」

今日、辰巳とバースに割り振られた仕事は、井戸から汲み上げられた水を運ぶ仕事だった。

昨日と同様にボガードのところに顔を出すと、ボガードは辰巳を見てにっこりと笑って彼に水運びの仕事を割り振った。

「昨日の様子なら、力仕事を任せても大丈夫だろ？」

そう言うボガードから仕事の手順を説明してもらった辰巳は、運搬用の水桶とその水桶を担ぐための天秤棒を受け取ると、神殿の裏庭にある井戸へと向かった。

バースとはその途中で一緒になったのだ。どうやら、彼も今日は水運びの当番らしい。

「いや、おまえの嫁さん……ってか、嫁さんになる人、相当稼いでいるだろ？　だったら、こんなきつい下働きなんてしなくても……そもそも、おまえが働かなくても充分暮らしていけんじゃね？」

「いや、チーコにだけ働かせて自分は何もしないなんて……俺、ヒモにはなるつもりは全くないぞ？」

「ヒモ？」

「あ、そっか。こっちのせか……じゃない、この国では女性に働かせておいて、自分では働きもしない男のことを『ヒモ』とは呼ばないんだ？」

「いや、そんな呼び方はしないな。確かに女に働かせて自分は何もしない男は、この国でも冷たい目で見られることが多いけど、でも、その女が魔法使いの場合は別だな。魔法使いってだけで特別だから」

バースによれば、この国では魔法使いはそれだけで食うに困らないのだという。

例えば、蝋燭や竈に火を付けるような小さな点火の魔法でも、近所の人たちがその魔法を頼り、代価として金銭や日用品、食料品などを置いていく。

辰巳のいた世界のように、ライターなどで簡単に火を起こすことができないこの世界では、魔法で火種を作り出せればそれだけで重宝されるのだ。他にも〈光球〉の呪文が使えれば、夕方に辻などで「灯り売り」として魔法の灯りを売り、一晩でかなりの額の金銭を稼ぐことができるらしい。

この国における魔法使いの立場を聞きながら、辰巳は引っ張り上げた桶の水を再び水桶へとじゃばばばーっと移し替えた。

「そりゃあ、俺にできることなんて本当に限られているけど……それでも、少しでもチーコの助けになりたいんだ」

「そっか。ま、俺はそういうの嫌いじゃないぜ？　せいぜいがんばって嫁さんを助けてやるんだな」

「おう」

バースの励ましに応えた辰巳は、気合いを入れて天秤棒を担ぎ上げる。

結構大きめの水桶二つをぶら下げた天秤棒は、当然ながらそれなりの重さがある。しかし、昨日の薪割りや薪運びの時と同様、辰巳にはそれほど重さを感じられなかった。

自分の身体のことながら何とも不思議に思いつつも、辰巳はせっせと水運びに精を出す。

遠ざかっていく辰巳の背中を見送り、今度はバースが水を汲み上げながらふと疑問を感じて首を傾げた。

「そういや、どうしてタツミの奴は《聖女》様のことを『ちーこ』って呼ぶんだろな？」


天秤で担ぎ上げた水桶の重量は、かなりの重さがあるはずだ。

それなのに、辰巳はその重量をほとんど感じない。まるで水桶の中味が空であるかのように、軽々と辰巳は水を運んでいく。

水を運ぶ先は厨房や浴場など。特に浴場には大量の水が必要なため、水運びの当番が何度も往復しなくてはならない。

辰巳やバースと同じ水運び当番の下級神官たちが四苦八苦して水を運ぶ中、すいすいと何往復もする辰巳を他の下級神官たちが驚きの目で見つめる。

辰巳自身、昨日もそうだったが自分の身体のことながら不思議で仕方がない。

不思議といえば、昨日の仕事の後に感じた激しい疲労もそうだ。カルセドニアに言わせると、新米の魔法使いが魔法を使いすぎた時に似ているそうだが、当然辰巳は魔法を使った覚えなどない。更に言えば、そもそも辰巳は魔法の使い方など知らない。

最初は異世界補正による身体能力の上昇かと思ったが、どうやらそうではなさそうだ。

あれこれと考えてみるものの、どれだけ考えようがこの疑問の答えなど出るわけがない。そう判断した辰巳は、水運びを続けながら他のことを考える。

「チーコと暮らすんだよな……い、一緒に……」

誰に聞かせるでもなく、ぽつりと呟く辰巳。

その彼の脳裏に浮かび上がるのは、一人の白金の髪の可憐な女性の姿。

すらりとした長身。それでいて程よい肉付きの柔らかい身体。極めて整った美しい容貌。鈴を鳴らしたような澄んだ声。

そして何より彼の記憶に焼き付いているのは、決して大きすぎることはなく、それでいて十分巨乳と呼べるレベルの実に彼好みのサイズの胸。

やはり、「年頃の男の子」である辰巳には、どうしたってそういうところが気になってしまう。

そんな彼女と辰巳は、近々一つの家で一緒に暮らすことになる。そのこと自体は辰巳も承知したこと――多少周囲の勢いに流された感もあるが――だが、気後れする部分がないと言えば嘘になる。ジュゼッペを始めとした何人もの人たちが、自分とカルセドニアが結婚するものと思い込んでいることが、彼の心の中で引っかかっているのだ。

もちろん、カルセドニアが嫌いかと聞かれれば、その答えはノーである。

彼女がチーコの生まれ変わりであるのは間違いなさそうだし、あれほどまでに献身的に好意を寄せてくれる相手を嫌いに思えるはずがない。

しかも、彼女の容姿は辰巳の好みのど真ん中でもあるのだ。一人の男として、この状況で心がときめかないはずがないというものである。

それでもやはり気後れを感じるのは、いきなり結婚という事実が目の前に迫っているからだろう。つい数日前まで、生きる気力さえ失いかけていた辰巳である。そんな彼に突然結婚とか言われても、正直ピンとこないのだ。

しかも、その結婚相手は前世はともかく、今世では出会ってまだ数日しか経っていないのである。突然見合いを強要され、その数日後に結婚が決まりましたと言われれば、誰だって今の辰巳と同じ心境になるに違いない。

とはいえ、カルセドニアは辰巳にとっては既に家族である。

辰巳に残された最後の小さな家族であったチーコ。そのチーコの生まれ変わりであり、前世の仕草や雰囲気を色濃く残しているカルセドニアは、たとえ姿は変わっても辰巳にとってはやはり家族であるチーコなのだから。

だが、気にかかることは他にもある。

それはカルセドニアが、言ってみればこの世界におけるトップアイドルのような立場にいることだ。

この街どころか、国中にその名の知られている。その《聖女》がどこの誰とも知れない男と突然結婚するとなれば、きっと様々な憶測や突拍子もない思いつきが噂となって流れるだろう。

そのことが、後々に彼女の立場や評判を悪くはしないだろうかという心配が辰巳にはあるのだ。

「……とはいえ、現状ではチーコたちに頼るしか、俺には生きていく選択肢はないんだよなぁ……」

こちらの世界における身分は手に入れたが、それだけで生きていけるというわけではない。そして、手に入れた身分もジュゼッペの恩情によるものだ。

「…………ま、他ならぬチーコ本人が嬉しそうなんだから……いいよな？」

昨日、彼女と一緒に街に買い物に出かけた時、生活用品を買い揃えるカルセドニアは本当に嬉しそうだった。

もしもあれが何らかの理由による演技だとしたら、間違いなく辰巳は女性不信に陥るに違いない。

カルセドニア本人が辰巳との結婚を望んでいないというのなら話は別だが、どうも彼女も結婚については前向きのようだし。

それならもう深くは考えず、家族であるチーコと一緒に暮らして、時に彼女を支え、時には彼女に支えられながら生きていこう。「夫婦」もまた、家族の形の一つなのだから。

そして、今度こそ家族を――どんなことがあっても大切な家族を守り抜こう。

辰巳は改めてそう決心して天秤を担ぎ直すと、足取りも軽く浴場へと向かう。

そんな彼の背中を、物陰からじっと見つめている者がいたことを、この時の彼は全く気づいていなかった。


いつものように表情を引き締め、静かに神殿の通路を歩いていたカルセドニア。

だが、突然よく知った声に名前を呼ばれ、カルセドニアは立ち止まって振り返った。

振り向いた先には、予想通りの人物の姿。その姿を見て、それまで厳しめだった彼女の表情がふっと和らぐ。

「少々尋ねたいことがあるのだが……今、時間は大丈夫だろうか？」

「ええ、構わないわ」

立ち話も何だからと、二人は神殿の庭へと回る。

神殿の庭は、信者たちの社交場でもある。庭のあちこちでは信者たちが思い思いに数人ずつ集まり、他愛のない会話を楽しんでいた。

そこへ、《聖女》と名高いカルセドニアが姿を見せれば、当然ながら信者たちの視線は彼女へと集まることになる。

しかも、彼女は男性と二人で連れ立って歩いているのだ。それを見た信者たちは、ひそひそと様々な憶測を交わし合う。

もちろん、中には陶然とカルセドニアの姿に見入っている信者たちもいるが。

そんな視線とひそひそとした会話の中を、カルセドニアは慣れたように堂々と胸を張って歩を進める。

そして、庭の片隅に空いている椅子を見つけると、連れ立ってきた人物と並んで腰を下ろした。

「それで、尋ねたいことって何？」

「……近々、君は神殿を出て家を構えるそうだね？」

どこか尋ね辛そうに切り出したその人物に、カルセドニアはふわりとした笑みを浮かべる。

「ええ、本当よ。その話、お祖父様から聞いたの？」

「いや、猊下から直接聞いたわけではないのだが……」

「その話は本当よ。そして……私はある殿方と一緒に暮らすの」

一緒に暮らす青年の面影を脳裏に思い浮かべ、照れながらも本当に嬉しそうな表情を見せるカルセドニア。

その艶やかな笑顔を見た時、彼女の隣に腰を下ろした人物の心臓が苦しげに鼓動し、彼は自分の心の奥底でじくりとどす黒いモノが蠢くのを確かに感じた。

「き、君が一緒に暮らす男というのはあの男だろう……？　数日前に神殿に来て、昨日辺りから下働きをしているあの下級神官……」

「ええ、そうよ。あなたも会ったでしょう？　あの方よ……あの方こそが、私がずっと求めていた方なの」

と、にこやかに微笑むカルセドニア。その笑顔を見て、彼の心が更に軋《きし》む。

「……………本気なのか……？」

「え？」

「君ほどの……《聖女》とまで呼ばれている君ほどの女性が、あんな下働きの下級神官と一緒になって……それで君は幸せになれるのかっ!?」

普段から温厚な彼らしくもない厳しい口調。それを彼らしくもないなと思いながら、カルセドニアは幸せそうな笑みを消すことなく、きっぱりと彼に言う。

「それは少し違うわ。ううん、やっぱり違わないかも。私があの方に幸せにしてもらうのではなく、私があの方を幸せにするの。そして……そして、あの方が幸せでいられたら、それが私にとっても至上の幸せなの」

辛い過去を経験した辰巳。その彼を幸福へと導くために、カルセドニアは彼をこの世界へと召喚したのだ。

もしも元の世界で辰巳が満ち足りた生活を送っていたならば、カルセドニアも彼を召喚したりはしなかった。確かに辰巳に再会することは彼女の悲願だったが、それでも彼の満ち足りた生活を壊してまで行うことではないと、カルセドニアにも分かっている。

「あの方と共に生きていくことが、私にとっては何よりの幸せなのよ」

「そうか……君の決意は変わらないんだな……」

大輪の花のような笑顔を浮かべるカルセドニアに対し、彼はその顔を地面へと向けると両手で覆い隠した。

がっくりと落とされた両肩が、いや、彼の身体全体がガタガタと激しく震え出し始める。

「ど、どうしたの……？」

異様な雰囲気を漂わせ始めた彼の様子に、カルセドニアは思わず眉を寄せる。

彼と最初に出会ったのは、カルセドニアがジュゼッペに引き取られた時だ。それ以来、彼とは随分と長い付き合いだが、彼女の記憶にある彼は、いつも穏やかな笑みを浮かべている物静かな人物であった。

その彼がここまで異様な雰囲気を漂わせるとは。カルセドニアはただならぬものを感じて、その激しく震える肩へと手を伸ばそうとした。

その時、カルセドニアは彼が地面を向いたまま、小さな声でぶつぶつと何かを言っていることにようやく気づく。

「…………は…………の…………………だ……」

地の底から響くような不気味な声。カルセドニアは伸ばしかけていた手を引き戻し、反射的に勢いよく立ち上がった。

「……あなた……まさか……」

震える声が、カルセドニアの可憐な唇から零れ落ちる。

その声に反応したかのように顔を上げた彼は、狂気を宿した双眸でカルセドニアを見て、にやりと粘ついた笑みを浮かべた。

「カルセドニア……君は誰にも渡さない……君は……君は俺のものだ……」

じっとカルセドニアを見つめる彼の双眸には、人にはあり得ない赤い光が宿っていた。


〈魔〉


空気を切り裂いて銀光が疾《はし》る。

彼が徐《おもむ》ろに懐に入れた手を引き戻した時、そこには鋭い光を放つ短剣が握られていた。

白銀の刃が、陽光を反射してぎらりと光る。

その光を尾に引きながら、至近距離から不意に振るわれた斬撃を、カルセドニアは軽々と回避した。

たたん、と軽やかな足捌きで彼から距離を取る。それと同時に、庭にいた信者の女性の一人が甲高い悲鳴を上げた。

白昼の神殿の庭で突然短剣が振るわれたのだ。それを目撃した信者が驚いて悲鳴を上げるのも当然だろう。

「皆さんっ!! 急いでここから離れてくださいっ!!」

剣呑な光を放つ短剣を構え、双眸に赤光を宿らせた彼から目を離すことなく、カルセドニアは周囲にいる信者たちに避難を促す。

最初こそ突然の成り行きに、ぽかんとカルセドニアたちを眺めていた信者たちも、目の前で起きた凶行を理解すると共に、悲鳴を上げながら逃げ出していく。

信者たちがこれだけ騒げば、遠からずこの神殿の神官戦士たちも駆けつけてくるだろう。

だがカルセドニアは、神官戦士たちが来るまでに全てを片付けるつもりでいた。

目の前の彼に取り憑いた〈魔〉。それさえ引き剥がせば、彼は元通り温厚な——幼い頃からカルセドニアがよく知る人物に戻ってくれるはずだから。

〈魔〉が取り憑いたことで引き上げられた身体能力で、鋭く振るわれる短剣を危なげなく躱《かわ》しながら、カルセドニアはその可憐な唇を呪文の詠唱に震わせ始めた。


運んできた水を全て浴場の浴槽へと流し込んだ辰巳は、再度水を運ぶために浴場を後にした。

裏庭にある井戸を目指して歩き出した時、自分の進路の先に一人の男性が立っていることに辰巳は気づいた。

「あれ、モルガーさん?」

その人物——《自由騎士》モルガーナイクは、何か思い詰めたような表情でじっと辰巳を見つめる。

「タツミ殿。失礼を承知で尋ねる。だから、できれば正直に答えて欲しい。君は……君は一体何者なのだ?」

「え？　俺……ですか？」

自分を指差しながら、きょとんとした表情の辰巳。誰だって突然自分が何者かと聞かれたら、彼と同じような反応を示すだろう。

「クリソプレーズ猊下が、わざわざカルセを出迎えに行かせたと聞き、君は他国でも身分ある家の出身なのだと思っていた。だが君は……ここ数日、君のことをそれとなく見ていたが……普通、身分のある者ならば絶対にしないような雑用を、文句を言うでもなくこなしていた。確かに神殿に籍を移した時点で出身など関係ないのが建前だが、神殿にもそうとばかりは言っていられない柵《しがらみ》があるのも事実だ」

神殿は国の統治などの世俗から隔離された組織ではあるものの、モルガーナイクの言うようにそれは建前でしかない部分があるのも事実である。

王族や貴族などが何らかの理由で神殿に籍を得て神官となる場合、大抵は最初からある程度の位――侍祭か司祭あたり――を授けられる。そのため、貴族出身の神官は下級神官が行う雑務はほとんど行わない。

最初は辰巳が他国の貴族出身だと思っていたモルガーナイクだが、その辰巳が文句を言うこともなく雑務を行っているのを見て、彼のことが分からなくなったのだ。

「仮に君が庶民の出だとすれば……こう言っては申し訳ないが、今度はクリソプレーズ猊下が君に目をかける理由が分からない。どうやら君は、秀でた魔法使いというわけでもないようだしな」

モルガーナイクもまた、魔法使いである。今の彼の目には、辰巳の身体から立ち昇る僅かな魔力い。

しか見ることができない。この程度の魔力量では、初級の魔法を発動させるのが精々だろう。

「オレも腹芸などは苦手なのでな。だから真っ正面から問おう。タツミ殿、君は一体何者だ？　そして……そして、カルセとはどのような関係なのだ？」

真摯な赤茶色の瞳が、真っ直ぐに辰巳を射抜く。

そのひたむきな視線の中に含まれる、《自由騎士》が《聖女》に対して抱いている熱い感情。それを辰巳ははっきりと感じ取った。

だから。

だから、辰巳は正直に告げようと決意する。彼女が自分にとって、大切なたった一人の存在であることを。

だが、結果を言えばそれをモルガーナイクに告げることはできなかった。

辰巳が言葉を紡ごうとした時、神殿の通路にばたばたと足音が響いたかと思えば、一人の武装した神官——神官戦士がモルガーナイクの元へと駆けつけてきた。

「も、モルガーナイク様っ!!　た、大変ですっ!!」

「何事だ？」

モルガーナイクもまた、辰巳に向けていたものとは別の厳しさを含んだ視線を、その神官戦士へと向けた。

「現在、神殿の庭にて〈魔〉に取り憑かれた者が暴れているとの報告が入りました！」

「何だとっ!?」

ぎらり、と《自由騎士》の双眸に、それまでとはまるで違う光が宿る。言うなれば「日常」から「戦時」へ。その変化は戦いとはまるで無縁な辰巳にでもはっきりと分かるほどだった。

「誰だ？　誰が〈魔〉に憑かれたのだ？　神殿に礼拝に来ていた信者か？」

「そ、それが……ま、〈魔〉に憑かれたのは……クリソプレーズ最高司祭様の補佐官の……バルディオ様ですっ!!」

迫る白刃を、カルセドニアは冷静に回避する。

そうしながらも、彼女は呪文の詠唱を続ける。魔法の行使に不慣れな者は、注意を逸らしただけで詠唱に失敗するものだが、彼女ほどの熟練者ともなれば、正確な詠唱を維持しつつ回避行動を取ることも可能なのだ。

魔祓い師として、充分に経験を積んでいるカルセドニアである。素人の振るう短剣を回避するのは容易い。

彼女はいわゆる後衛ではあるものの、身を守るための体術ぐらいは修得している。モルガーナイクと組んだカルセドニアは、サヴァイヴ神殿でも指折りの実力と実績を持った魔祓い師なのだ。

再び軽い足取りで後方へと下がったカルセドニアは、禍々しい赤い光を宿した彼――バルディオの瞳を見据えた。

バルディオとカルセドニアの付き合いは長い。

カルセドニアが初めて彼と出会ったのは、ジュゼッペの元に引き取られた時である。当時、ジュゼッペの補佐官見習いであったバルディオは、幼いカルセドニアの面倒をよく見てくれたのだ。

十代半ばにして最高司祭の補佐官見習いに抜擢されたバルディオは、将来を嘱望されている神官の一人である。

平民の出身であり、日々の努力を積み重ねて現在の高司祭という地位と、最高司祭の補佐官という要職を勝ち取った勤勉な人物でもある。

そんなバルディオが〈魔〉に憑かれるなど。今の彼の赤い瞳を目の当たりにしても、カルセドニアは信じられない思いでいた。

（……少しだけ待っていて、バルディオ様。すぐに取り憑いている〈魔〉を祓います）

紅玉《ルビー》のような双眸に決意の光を浮かべたカルセドニアは、紡いでいた詠唱の最後の一句を解き放つ。

呪文の完成と同時に、周囲の空気がざわりと戦慄《わなな》いた。

いや、空気ではない。

風もないのにざわざわと蠢いているのは、神殿の庭のあちこちに植えられている樹木や下草などだ。

下草がするすると急成長し、その緑の触手をバルディオへと伸ばす。

樹木がざわりざわりと枝葉を揺らし、ぎちぎちという異音と共に枝を伸ばしていく。

下草や樹木の枝が不自然に伸びて、バルディオを絡め取ろうとしている。今、カルセドニアが行使した魔法は、〈樹〉系統の《樹草束縛》。文字通り、植物の枝や草を用いて標的の動きを封じる魔法である。

自分へと伸びてくる下草や樹木の枝を、バルディオは手にした短剣で切り払う。

だが、いくらバルディオが切り払っても、下草や枝は次々に伸びてくる。

〈魔〉が取り憑いたことで彼の身体能力も上昇してはいるが、本格的な戦闘訓練を積んだわけではない彼の身体能力が上がってもたかが知れている。

後から後から殺到する下草や樹木の枝は、少しずつ彼の身体を戒めていき遂には彼の身体を完全に拘束してしまう。

バルディオの身動きを封じたことを確かめたカルセドニアは、再び呪文の詠唱を開始する。

次に彼女が詠唱するのは、〈光〉〈聖〉系統の《魔祓い》。取り憑いた〈魔〉を標的の肉体から引き剥がす呪文である。

《魔祓い》は標的が動き回っている場合、狙いを定めることが難しい。そのため、《魔祓い》を使う時は相手の動きをある程度止める必要があるのだ。

いつもならば。モルガーナイクと組んで魔祓い師として活動する時ならば、かの《自由騎士》が標的の動きを牽制、足止めしてくれる。

だが、その彼がいない今、まずは別の呪文でバルディオを拘束する必要があった。

草木に絡め取られたバルディオは、拘束から逃れようと必死に身体を捩《よじ》る。だが、絡みついた草木は強靭で、力任せに身体を動かしても引きちぎることはできない。

そんなバルディオを見据えながら、カルセドニアは呪文を紡ぐ。

カルセドニアの体内で、徐々に〈聖〉の魔力が高まっていく。それを感じ取ったのだろう。バルディオは──いや、バルディオに取り憑いている〈魔〉は、天敵ともいうべき〈聖〉の魔力から逃れようと必死に戒めを振り解こうとする。

だが、もう遅い。

カルセドニアが《魔祓い》の呪文を完成させると同時に、バルディオの足元から清浄な銀色の光が湧き上がった。


「カルセが……？」

神官戦士の報告を聞き、それまで厳しかったモルガーナイクの表情がやや緩む。

そして、《自由騎士》とは正反対に、辰巳の顔色が一気に青ざめた。

「ち、チーコが刃物を持った男と向き合っているだってっ⁉」

一瞬、辰巳の脳裏に血塗れで地面に横たわるカルセドニアの姿が過《よぎ》る。

がらん、と音を立てて、辰巳が持っていた水汲み用の桶と天秤棒が神殿の通路に落下した。

思わず桶と天秤棒を放り投げた辰巳は、そのまま駆け出そうとした。もちろん、行き先はカルセドニアがいる神殿の庭だ。

だが、その背中にモルガーナイクの冷静な声が静止を促した。

「慌てる必要はない、タツミ殿。〈魔〉に憑かれたとはいえ、基本的な戦闘訓練しか経験していないバルディオ様相手にカルセが遅れを取るはずがない」

「だ、だけど……っ!!　もしもってことがあるだろっ⁉」

思わず声を荒げる辰巳に意外そうな表情を浮かべつつ、モルガーナイクは言葉を続けた。

「もちろん、助けに行かないなどとは言ってはいない。助けに行くにしても、丸腰でどうするつもりなのだ、タツミ殿は？」

そう言われて辰巳ははっとする。

モルガーナイクは神官戦士らしく、板金製の鎧を身に纏って腰には長剣を佩いている。それに比べて、辰巳はごく普通の神官服だけ。当然ながら、辰巳に格闘技の経験などはまるでない。

「せめて、身を守るための武器ぐらいは持っていくべきだ」

モルガーナイクは、報せに来た神官戦士が所持していた短槍を借り受けると、それを辰巳に向かって放り投げた。

「付いてくるなと言っても聞くつもりはないのだろう？　ならば、自分の身ぐらいは自分で守ることだ」

剣呑な輝きを見せる槍の穂先に僅かに怯えながらも、辰巳はモルガーナイクの言葉にしっかりと頷いた。

神々しい破邪の銀光が、徐々に薄れていく。

やがて完全に銀光が消えた時、その場にバルディオが呆けたような表情を浮かべて立ち尽くしていた。

カルセドニアは、注意深くバルディオの様子を観察する。

彼女の《魔祓い》の呪文は極めて強力だが、それでも常に〈魔〉が祓えるというわけではない。〈魔〉の力が思いのほか強い時は、呪文に抵抗されることはありうるのだ。

《樹草束縛》も効果時間が切れているため、今のバルディオは拘束されていない。カルセドニアはいつでも再び呪文を詠唱することができるように準備しながら、慎重にバルディオと彼の周囲の様子を窺う。

辰巳の感覚ならば五分ほど様子を見たカルセドニアは、バルディオの瞳に赤い光が宿っていないことを確かめて、ほぅと肩から力を抜いた。

「バルディオ様？　大丈夫ですか？」

「か……カルセ……」

宙を彷徨っていたバルディオの視線が、カルセドニアへ向けられる。

どうやら大丈夫そうだ。と安堵の息をカルセドニアが吐いた時。

突然バルディオが鋭い声を発した。

「に、逃げろ、カルセドニアっ!!　奴は……〈魔〉は……まだ私の中にいる……っ!!」

援軍

〈魔〉の強さは一定ではない。〈魔〉それぞれに個体差――実体を持たないので「個体」とは呼べないかもしれないが――があり、それに加えて取り憑いた生物の欲望の大きさによって更にその力は左右される。

本来ならば、確実に〈魔〉を祓い消滅させるカルセドニアの《魔祓い》。その《魔祓い》でも、バルディオに取り憑いている〈魔〉を祓うことはできなかった。それは《聖女》とまで呼ばれ、これまでに何体もの〈魔〉を祓ってきたカルセドニアにとっても初めての経験だった。

〈魔〉自体の力が余程強いのか、バルディオが抱える欲望がそれほどまでに大きいのか。もしかするとその両方なのかもしれない。

理由は定かではないが、〈魔〉はまだバルディオの身体の中に巣くっている。

カルセドニアの孤軍奮闘はまだ続くことになりそうだった。

バルディオの声に、カルセドニアは咄嗟に身を翻す。

だがそれは僅かに遅かった。彼女が身を捻るより早く、バルディオの手がカルセドニアへと伸び、ぐいっと神官服の肩の辺りを掴み取る。

肩を掴まれたまま、身を捻ればどうなるか。

びりびりという耳障りな音と共に神官服の上に纏ったショールのような部分が剥ぎ取られ、彼女の華奢な肩が露になる。

一緒に胸元も少し破れて、その豊かな胸の双丘がゆさりと揺れた。

女性としての本能からか、カルセドニアは反射的に両手で胸元を隠す。

辛うじて神官服の胸元の破壊は免れたが、あまり激しく動くと神官服の胸元は自壊しかねない。

女性としての本能的な羞恥が、僅かにカルセドニアの行動の足枷となる。

しかし、それは眼前に敵対的な存在がいる今の状況では、隙以外のなにものでもなかった。

先程とは反対側のバルディオの手が伸び、不自然に節くれ立った指が、カルセドニアの細い手首に食い込む。

手首に走った激痛に、カルセドニアの身体が一瞬だけ動きを止める。そしてその一瞬で、バルディオはカルセドニアを引き寄せて腕の中に抱き締めてしまった。

〈魔〉に憑かれた証である赤い瞳。再び赤く輝くその瞳を間近に見て、カルセドニアは悲しげな表情を浮かべた。

いつも、穏やかに微笑んでいたバルディオ。幼い頃はまるで兄のように慕い、彼も自分を妹のようにいろいろと面倒を見てくれた。

もちろん、辰巳やジュゼッペとは違うが、今でも彼のことは家族のような人物だと思っている。

そのバルディオの顔に浮かぶのは、普段からは想像もできないほど下卑た笑み。いつもは物静かで穏やかな彼が、今は別人のような好色な表情で、カルセドニアの深い谷間を覗き込んでいた。

いくら家族同然とはいえ、異性に胸元を覗き込まれるという事実に嫌悪感を覚え──もしも覗いているのが辰巳であれば話は別だが──、カルセドニアは戒めを振り解こうと必死に腕に力を込める。

だが、所詮は女の細腕。〈魔〉に憑依されたことで筋力が上昇している成人男性の腕を振り解くことは叶わない。

それを悟ったカルセドニアは、心の中でバルディオに詫びながら素早く呪文を唱える。

彼女が選択した魔法は〈雷〉系統の《雷掌《らいしょう》》。接触した相手に弱い電撃を浴びせる、〈雷〉系統の初級の攻撃呪文である。

初級の魔法だけあって、一撃で相手の意識を刈り取るような威力はない。それでも電撃を浴びせられれば、怯んで力が緩む程度の効果はある。その隙に拘束から逃げ出せば、必要以上にバルディオの身体に傷をつけることもないだろう。

カルセドニアの掌が、密着したバルディオの腹部にそっと触れた。

そしてその接触部分から、一瞬だけ鮮やかな薄紫の閃光が煌めき、バルディオは呻《うめ》き声を上げながらカルセドニアを解放し、そのまま数歩後ずさる。

その隙に距離を取ったカルセドニアは、右手で胸元を保護しながら、新たな呪文の詠唱に入る。

詠唱するのは、先程と同じ《樹草束縛》。バルディオの動きを再び封じ込め、《魔祓い》に再挑戦

するつもりなのだ。

だが、その作戦はバルディオ――いや、彼に取り憑いている〈魔〉も予測済みだったらしい。

バルディオはこれまでに見せたこともないような速度で、開いたカルセドニアとの距離を一気に詰めると、不気味に指を蠢かせた両手を彼女へと向かって伸ばした。


詠唱が間に合わない。

すぐにそう悟ったカルセドニアは、詠唱を中断して回避に専念することを選択する。

確かに彼女ほどの熟達した魔法使いならば、詠唱を続けながら回避行動を取ることは可能だ。しかし、それでも回避だけに専念した方が回避率は当然ながら高くなる。

バルディオの意外な速度を目の当たりにしたカルセドニアは、より確実性を高めるために回避に専念することにしたのだ。

だが、バルディオの速度は更に上がり、回避に専念したカルセドニアを陵駕した。

実戦の中で鍛え抜かれたカルセドニアの体術を上回る速度で、バルディオは肉薄する。そのバルディオの両手がカルセドニアの胸元へとするすると伸びていく。

破れかけた神官服を更に破壊し、彼女の豊かな胸を陽光の元に完全に晒そうとするつもりなのか。

目を血走らせ、口の端から涎を滴らせた今のバルディオは、完全に男の獣性のみで動いていた。

回避は間に合わない。それでもカルセドニアはその瞳に挫けぬ闘志を宿しながら、迫る両手をじっと睨み付ける。

そのカルセドニアの視線の先で。

迫るバルディオの両手の進路上を、流星のような銀線が駆け抜けてその進行を遮った。


銀線の正体は剣の刀身だった。

カルセドニアとバルディオが、同時に銀の流星が飛んできた方へと振り向く。そこにはカルセドニアが予想した通り、抜き身の剣を振り抜いた姿勢の《自由騎士》の姿があった。

「モルガー！」

カルセドニアが顔を輝かせる。そのカルセドニアに優しく微笑んだモルガーナイクは、すぐに表情を引き締めると魔物と化したバルディオを見定めた。

「バルディオ様……あなたほど敬虔な神の信徒でも、〈魔〉の囁《ささや》きには抗えなかったのか……」

悲痛な表情のモルガーナイク。彼もまた、ジュゼッペの補佐官であるバルディオのことはよく知っているし、いろいろと世話になったこともある。

モルガーナイクは引き戻した剣を改めて構え、バルディオから視線を外すことなくカルセドニアに告げる。

「離れろ、カルセ。バルディオ様はオレが引きつける。その間に《魔祓い》の魔法を使え」

モルガーナイクの言葉に無言で頷いたカルセドニアは、素早くバルディオから距離を取ってモルガーナイクの背後へと回る。

そこへ、息を切らした辰巳がようやく到着した。

「ち、チ……コ……だ、だい……じょ……ぶ……か……？」

辰巳とモルガーナイクが話していた場所から、ここまでそれほど距離はない。だが、家族を失ってからアパートの部屋に引き篭りがちだった辰巳の体力は、運動不足のためにかなり低下していた。

「ご、ご主人様っ⁉　ど、どうしてご主人様がここにっ⁉」

辰巳がこの場に現れたことを驚くカルセドニア。しかも、その辰巳が不似合いな短槍まで手にしているとあって、彼女の驚きは更に倍というところだった。

「ここは危険ですっ‼　すぐにここから離れてくださいっ‼」

「だ、だ……ど……っ‼　チーコ……置い……俺だ……逃げ……わけには……っ‼」

いまだに息を切らせたまま、途切れ途切れに言葉を吐き出す辰巳に、カルセドニアは厳しい声できっぱりと言い切る。

「はっきり言って、ご主人様がここにいても足手まといなだけです！　早く立ち去ってください！」

「ち、チーコ……」

きつい言葉を投げかけるカルセドニアに、思わず呆然としてしまう辰巳。そこへ、今度はモルガーナイクの言葉が飛ぶ。

「カルセの言う通りだ、タツミ殿。君がここにいてもできることはない。せめて、オレたちの邪魔にならない所に引っ込んでいろ」

カルセドニアのように立ち去れと言わないだけ、モルガーナイクの方がましだった。だが、それは優しさからではなく、立ち去れと言っても素直に聞くわけがないと思っているからだろう。

「カルセ！　タツミ殿のことは今は放っておいて、バルディオ様を救うことの方を優先しろ！」

カルセドニアに指示を出しながら、モルガーナイクは素早い剣撃を何度も繰り出す。

今、彼は剣の刀身をひっくり返した状態で使用していた。ラルゴフィーリ王国で一般的に用いられている剣は、片刃で幅広の直剣である。

だが、実はこの国では剣を主武器に選ぶ者はあまり多くはない。ラルゴフィーリ王国で最も好んで用いられる武器は、槍か竿状武器なのだ。

これは寒さが厳しい土地柄が理由だった。

この国の宵月《よいづき》の節――つまり冬はとても厳しい。冬に野外で長時間金属製の武器を使用していると、金属部分がとても冷たくなり、下手にそこに触れると皮膚が貼り付きかねない。

そのため、木製部分が多く金属部分が少ない槍や竿状武器が多用される傾向にあるのだ。

同じ理由から、鎧も金属鎧よりも革鎧の方が好まれる。中には魔獣の毛皮や牙などの素材から作り出した武具を愛用する者もいる。

今、モルガーナイクが着用している板金製の鎧は、いわば神官戦士の「制服」のようなもので、神官戦士は神殿内では聖印の刻まれた金属鎧を装備するのが義務づけられているのである。

モルガーナイクも魔祓い師として神殿外で活動する時は、要所を金属で補強した魔獣の革製の鎧を愛用しているし、武器も剣と長槍を状況に応じて使い分けている。

モルガーナイクが今、剣を用いているのは愛用の長槍を持ち合わせていなかったこともあるが、それよりも刀身の背の部分、いわゆる「峰打ち」を用いることでバルディオを必要以上に傷つけないための配慮だ。

彼の鋭い剣撃は、戦いの心得のない者では到底躱すことなどできない。しかし、〈魔〉に取り憑かれたバルディオは、信じられないような反応を見せてこれを回避していく。

もちろん、モルガーナイクとていくらかは手加減している。いくら峰打ちとはいえ、金属製の鈍器には違いないのだ。そんなもので力一杯身体を殴打すれば、骨の一本や二本は簡単に折れてしまう。

しかし、避けられても別に構わない。

モルガーナイクの目的は、バルディオを打ち倒すことではない。彼の動きを制限して、カルセドニアが呪文を詠唱する時間を稼ぎ、彼女の呪文の効果にバルディオを捕えさせることなのだから。

〈魔〉に憑かれたバルディオに勝るとも劣らない――いや、明らかに彼以上の速度でモルガーナイクは剣を振るう。

剣撃で空間を徐々に埋めていき、バルディオの逃げ場を奪っていく。

その力強く、それでいて美しささえ感じられる太刀筋を、辰巳は呆然と見つめていた。

これが《自由騎士》と呼ばれる男の実力なのか。

戦いに関しては全くの素人である辰巳でさえ、モルガーナイクの技量が並ではないことがよく分かる。

そして、その《自由騎士》の背後に位置し、戦いの成り行きをしっかりと見定めながら歌うように呪文を詠唱するのは《聖女》だった。

《聖女》は対峙している二人から決して目を離すことなく、最も適した場所を状況に合わせて保持しつつ呪文の詠唱を行う。

《自由騎士》もまた、まるで背後に目があるかのように、常に《聖女》とバルディオの間に自身の身体を置く。そうやって背後の《聖女》を守りつつ、《聖女》の剣となり盾となりバルディオを牽制し続ける。

実に息の合った二人の行動に、再び辰巳は目を奪われた。

思わず呆然と立ち尽くし、《自由騎士》と《聖女》の戦いを辰巳が見つめている間に、カルセドニアの《魔祓い》の呪文が完成する。

詠唱の終了と同時に、再びバルディオの足元から鮮烈な浄化の光が湧き上がる。辰巳には分からないが、その光は先程のものよりも遥かに強い。

モルガーナイクという「壁」が現れたことで、カルセドニアは詠唱に集中して先程よりも魔力を多く注いだ強力な《魔祓い》を使用することができたのだ。

光が吹き出すと同時に、モルガーナイクはバルディオから離れてカルセドニアの傍へと移動する。そして、彼女を背後に庇うようにして立ちながら、剣の切っ先を光の中にいるバルディオへと向け続ける。

そして、その光が徐々に薄れて遂には消え去った時。そこには大地に倒れ臥すバルディオの姿があった。

「……どうだ？」

「かなり魔力を多く注いだ《魔祓い》よ。あれに抵抗できるとは思えないけど……」

共に倒れたバルディオから目を離すことなく、モルガーナイクとカルセドニアは倒れたバルディオを観察する。

特に先程、一度自身の魔法に抵抗されたカルセドニアは、決して油断することなく倒れたバルディオをじっと見定め、おかしな様子がないかを確かめる。

しばらくそうして観察した後、どうやら大丈夫と判断を下した二人が倒れたバルディオへと近寄ろうとした時。

彼らから更に背後で様子を見ていた辰巳が、突然鋭い声を発した。

「まだ近づくな！　その人の近くに何かいる！」

その声に素早く反応し、カルセドニアとモルガーナイクはぴたりと足を止めた。

「ご、ご主人様っ⁉　ご主人様には何か見えるのですかっ⁉」

「まさか……まさか、彼は『感知者』なのかっ⁉」

倒れたバルディオの身体のすぐ上。そこに黒いモヤのようなものがわだかまっているのが、辰巳の目にははっきりと見えた。

よく目を凝らして見れば、その黒いモヤの中に、何か生き物のような姿が見える。

「……餓鬼……？」

小学生低学年の子供のような小さな身体に、不釣り合いな巨大な頭部。目はらんらんと邪《よこしま》に赤く輝き、手足は針金のように細いのに、その腹部は異様なほどに膨れている。

そして、額からは鬼のような一本の角。それは確かに、辰巳が以前に何かの挿し絵で見た餓鬼にそっくりだったのだ。


本当に辰巳に〈魔〉の姿が見えているのか、モルガーナイクには判断できない。

だが、それでもこの状況で辰巳も嘘などは言わないだろうと、彼は判断した。

倒れているバルディオから再び距離を取り、周囲を油断なく警戒する。カルセドニアに至っては、辰巳の言葉を疑いもせずにモルガーナイクよりも早く、辰巳の傍まで下がっていた。

「な、なあ、チーコ。今、モルガーさんが言った『感知者』って何だ？」

「実体を持たない〈魔〉は、普通は目で見ることができません。そのため、〈魔〉はいつの間にかこっそりと忍びより、取り憑く標的となった者の耳元で囁いて誘惑するのです」

辰巳の質問に応え、カルセドニアが『感知者』について説明してくれる。

もちろん、その間も辰巳の目は〈魔〉から離れることはなく、カルセドニアやモルガーナイクも周囲に厳しい視線を向けている。

「ですが、中には生まれつき〈魔〉の姿を視認したり、その声を聞くことができる能力を持つ者がいます。その能力は魔法や魔力によるものではなく、あくまでも先天性の異能とも言うべき能力で、その能力を有した者の数は魔法使いよりも更に少ないのです」

本来はその姿を見ることができないという〈魔〉。だが、その姿が見えるとしたら、それは〈魔〉と戦う上でこの上ない重要な戦力となる。

それぐらいのことは、戦いの素人である辰巳にでも容易に想像がつく。

辰巳が改めて〈魔〉を凝視すれば、それはにたぁりと嫌らしい笑みを浮かべながらすぅと空を滑って移動した。


——ククク。ここにも大きな欲望を抱いているヤツがいるぞ。


声ではない声。それが辰巳には確かに聞こえた。

辰巳の目にだけ映る〈魔〉は、ゆっくりと、だが真っ直ぐに《自由騎士》の方へと移動する。

「モルガーさんっ!!　逃げろっ!!」

モルガーナイクも剣を構えて注意深く周囲を見回しているが、〈魔〉を見ることができない彼はその接近を容易に許してしまう。

そして。

ひっそりと《自由騎士》に近づくことに成功した〈魔〉は。

嫌らしい笑みを浮かべながら、染み込むように彼の身体の中へと入り込んでいった。

〈魔〉の囁き

――あの女が……あの女の柔らかそうな身体が欲しくはないか？

声ならぬ声が耳元でした時、彼の心臓がどくりと一際強く鼓動した。

ぎっぎっぎっと音がするようなぎこちない動作で、彼は少し離れた所にいる彼女を見る。

初めて神殿より魔祓い師としての使命を授けられた時以来、ずっと一緒に組んできた彼女。

ずっと、ずっと彼が想い続けていた彼女。

その彼女が、すぐ傍にいるのだ。手を伸ばせば、届くところにいるのだ。

――そうだ。あの女を自分のものにするがいい。ほぉら、良く見て見ろ。あの破れた服から零れ落ちそうな乳を。あれはおまえに見せつけているのだ。誘っているのだ。さあ、あの女の誘いに乗ってやれ。それこそが、あの女が望んだことなのだから――

耳元で囁き続ける声。それに頷いた彼――モルガーナイクは、抜き身の剣をぶら下げたまま、一歩《聖女》の方へと足を踏み出した。


だが、モルガーナイクはその一歩だけで踏み止まった。

耳元で囁く何か。その何かの正体をよく知っているはずなのに、朦朧《もうろう》とする彼の頭にはその正体が思い浮かばない。

それでも、心のどこかで警鐘が鳴っていた。

モルガーナイクは剣を取り落とし、両手で頭を抱える。

聞いてはいけない。耳元で囁くこの声に耳を貸してはだめだ。

頭ではそう分かっているのに、聞こえる声はとても心地よいもので。モルガーナイクの精神をじわりじわりと蝕んでいく。

——どうした？　あの女が欲しくはないのか？　おまえはずっと前からあの女のことを想っていたのだろう？　今ならあの女の全てが手に入るのだぞ？　何も遠慮することはない。あの女の全てをおまえのものにしてしまえ。

囁き声は依然続いている。

声に導かれるように、モルガーナイクはカルセドニアを見る。

以前よりずっと恋い焦がれていた女性。彼の恋は、彼女と出会った時から始まっていたのかもしれない。

彼女を自分のものにしたい。他のどんな男にも渡すことなく、永遠に自分の腕の中に閉じ込めておきたい。

彼女を大切にしたい。どんな危険からも必ず彼女を守り抜くと、秘かに自らの神に誓いを立てたほどに。

そんな相反する二つの気持ちが、モルガーナイクの中で激しくせめぎ合う。

彼の心の中で二つの気持ちがぶつかり合い、それでも彼女を大切にしたいという思いへと天秤が傾きかけた時。

彼の視界の隅に、何か動くものが映り込んだ。

それは一人の男。

最近この神殿に現れ、カルセドニアととても親しくしている男。正直、それがモルガーナイクにはおもしろくなかった。

彼の心に起こる僅かなさざ波。そのさざ波に目敏く気づいた「何か」は、そのことをちくりと刺激する。

——あの男が気に入らないのか？　ならば……始末してしまえばいいだろう？　あんな羽虫をおまえの大切な女に纏わり付かせておいていいのか？

いいわけがない。あんな正体不明の男を、大切な彼女の傍においておくなど許されるはずがない。

——ならば、あの煩い羽虫などさっさと潰してしまえば良かろう。きっとおまえの大切なあの女も、あの羽虫に纏わり付かれて迷惑しているに違いないからな。

そうだ。他の多くの貴族の男たちと同様、きっとカルセドニアもあの男に付きまとわれて迷惑に思っているに違いない。

——そうだ。そうだとも。あの羽虫を片付けることは、おまえの大切な女を守ることに繋がるのだ。そうすれば、きっとあの女もおまえに感謝し、更に心を許すだろう。

あの男を排除する。そうすれば、カルセドニアは喜んでくれる。

嬉しそうに、それでいて照れくさそうにはにかむ彼女の表情を脳裏に描きながら、モルガーナイクは足元に落ちていた自分の愛剣を拾い上げた。


「モルガー……？」

それまでと一変し、突然虚ろな表情になったモルガーナイク。

彼はゆっくりと首を巡らせると、じっとカルセドニアを見つめた。

虚ろだった彼の双眸に、徐々にだが光が宿り始める。

だが、その光はいつもの厳しくも優しい彼の瞳の光とは違い、禍々しいまでに赤い光で。

「も、モルガー……？　ま、まさか……バルディオ様だけではなく、あなたまで……」

それは〈魔〉に取り憑かれた証。

これまでカルセドニアが常に一緒に戦ってきた最強の戦士。その戦士が魔物と化してしまうとは。

その事実がすぐには信じられず、思わず棒立ちでじっとモルガーナイクを見つめ続けるカルセドニア。

そんなカルセドニアから、モルガーナイクは視線を後方にいた辰巳へと移した。

辰巳の姿を認めた途端、モルガーナイクの顔に激しい怒りが浮かぶ。彼は拾い上げた剣を振り上げると、そのまま凄まじい速度で辰巳へと駆け出した。

悪鬼のような形相で自分へと突進してくるモルガーナイク。そのあまりの形相に湧き上がる恐怖が鎖となって、辰巳の心と身体を縛り付ける。

僅かな時間で辰巳へと到達したモルガーナイクは、振り上げた剣を辰巳の頭上へと振り下ろす。

だが、振り下ろされた刃が辰巳へと到達する直前、彼の身体を紫色の電光が貫いた。

横合いからの電撃に、モルガーナイクの身体は吹き飛ばされる。

ようやく恐怖から解放された辰巳が電光の飛んできた方を見れば、そこには右手を突き出したカルセドニアの姿があった。

「たとえモルガーといえど、私のご主人様を傷つけようとする者は許さないわっ!!」

彼女はきっぱりと宣言すると、新たな呪文を詠唱しつつモルガーナイクと辰巳の間に立ちはだかる。

先ほどは呆然としてしまった彼女だが、愛しい青年の危機に正気を取り戻したようだった。

呪文の完成と同時に、再びカルセドニアの手から雷光が迸《ほとばし》り、倒れているモルガーナイクの身体を撃ち貫く。

雷に撃たれる度にモルガーナイクの身体は、びくんびくんと陸に打ち上げられた魚のように跳ね上がる。

「お、おい、チーコ……いくらなんでもやり過ぎじゃ……モルガーさん、大丈夫か……?」

「だって、ご主人様を傷つけようとしたのですよっ⁉　手加減もしていますし、これぐらい生温いものですっ‼」

きっぱりと言いのけるカルセドニア。その目は完全に据わっている。

うわっちゃー、といった表情を浮かべる辰巳。しかしそれ以上は何も言わず、ただただモルガーナイクの無事を祈るばかり。

そうしている間にも、倒れたモルガーナイクは更に何度も雷に撃たれて、既に呻き声さえ発していない。

いくらモルガーナイクが屈強な戦士であるとはいえ、さすがにそろそろヤバいのでは？　と辰巳が心配した時。ようやくカルセドニアの呪文の詠唱が止み、電撃の連続攻撃も途絶えた。

「…………今なら彼も弱っているので、呪文に対する抵抗力も落ちているでしょう。この隙に彼に憑いた〈魔〉を祓います」

三度《魔祓い》の詠唱を始めるカルセドニア。

どうやら単にモルガーナイクを痛めつけるだけではなく、弱らせて呪文に対する抵抗力を削ぐことが目的だったらしい。

そんなカルセドニアの言葉に「本当かなぁ」と辰巳が内心で首を傾げている間に呪文の詠唱は完了し、倒れているモルガーナイクを清浄な光が包み込む。

《魔祓い》の破邪の銀光。この光に捕えられた〈魔〉は、身動きを封じられてやがては消滅させられてしまう。

時に力の強い〈魔〉が破邪の光に耐えうることはあるが、それはあくまでも「耐える」だけ。一度破邪の光に閉じ込められれば、〈魔〉に光から逃れる術はない。

しかし今。カルセドニアの《魔祓い》の銀光の中から、何かが勢いよく飛び出してきた。

飛び出してきた「何か」――モルガーナイクは、獣の如き咆哮を上げつつカルセドニアへと襲いかかる。

浄化の光に焼かれた〈魔〉の痛みと苦しみ、そして何より怒りが憑依体であるモルガーナイクに伝わり、完全に我を忘れたモルガーナイクは、その剣の切っ先を愛しい女性へと向ける。

それは完全な奇襲だった。これまで浄化の光に捕えられ、そこから逃れた〈魔〉は存在しなかったのだから、カルセドニアにも僅かな油断があった。

モルガーナイクの鍛え抜かれた身体が、今までにありえなかったことを成し遂げたのだろうか。

悪鬼のような表情で、自分に向かってくる親しき友。しかも、その手には剣呑な光を帯びる剣を携えて。

驚きのあまりに目を見開くカルセドニア。その身体は金縛りにかかったかのように全く動かない。

カルセドニアの目前で、モルガーナイクは剣を持った腕を大きく広げる。そこから繰り出される神速の横薙ぎは、カルセドニアの細い身体を容易に両断するだろう。

真横に滑り出す凶刃。

立ち尽くしたまま回避する余裕もない《聖女》。

奔《はし》り出した刃は瞬く間に速度を上げ、先程のカルセドニアが放った電光のような銀の稲妻と化す。

そして、〈魔〉に取り憑かれた《自由騎士》の刃が、《聖女》の身体に襲いかかった。


「それ」は秘かにほくそ笑んだ。

新たな獲物に選んだ人間は、前の獲物だった人間以上に大きな欲望を抱えていた。

欲望こそが、「それ」の糧。

生き物たちは、少なからず欲望を持って生きている。

野生動物にも食欲や繁殖欲など、様々な欲望がある。だが、それらは生きるための本能と少なからず関係しており、欲望としてはそれほど強いものではない。

生きとし生けるものの中で、最も強く複雑な欲望を抱くもの。それは間違いなく人間だろう。

人間の内側には、実に様々な欲望――食欲、金銭欲、色欲、出世欲など――が渦巻いている。

複雑でどろどろとした負の欲望ほど、「それ」たちには美味となる。だから、「それ」たちは人間に取り憑こうとその機会を虎視眈々と狙っているのだ。

先程まで憑いていた人間の欲望も美味だったが、今度の人間の欲望はそれ以上に美味になりそうだった。

一人の女に対する純粋な慕情。だが純粋な想いも、時に行き過ぎればどす黒い独占欲となる。

「それ」は憑いた人間の純粋な想いを刺激して増幅させ、どろどろとした負の欲望へと変化させる。

そして、その負の方向へと傾いた欲望を啜るのだ。

今もこの人間が女に対して抱いていた愛情を、強烈で醜い独占欲へと変えてやった。

だが。

だが、この人間の精神力は「それ」が想像していたよりもずっと強靭だった。

どす黒い独占欲へと変化させた慕情を、再び純粋な想いへと変えようとしたのだ。

だから、「それ」は目的を変更した。

女に対する独占欲を高めるのではなく、女の傍をうろちょろする男に対する嫉妬心を煽ってやる。

嫉妬もまた、独占欲の一部と言えるもの。「それ」が煽ったことで、嫉妬という名の昏い炎が心の中で激しく燃え上がる。

そして、その嫉妬は「それ」が今までに味わってきた、どの欲望よりも美味だった。

──さあ、あの男を殺せ。そして、その次にはあちらの女も穢してしまえ。

少しずつ少しずつ、憑いた人間の理性を剥いでいけば、いずれはこの人間も己の欲望に忠実に従う魔物と化すだろう。

「それ」はにやりと嫌らしい笑みを浮かべながら、憑いた人間の心に沸き上がった昏い欲望を啜り続けた。


しっかりと振り抜かれた《自由騎士》の剣。

周囲に飛び散る真紅の血潮。

べちゃり、と自分の顔にかかった血を拭うこともせず、カルセドニアは地面に横たわったまま呆然とその光景を見た。

モルガーナイクの剣が彼女に到達する直前。

彼女の身体は横から強く突き飛ばされ、そのまま地面に倒れ込んだのだ。

地面に倒れたカルセドニアの横顔に、生暖かくてぬるりとした赤い液体が降りかかる。

同時に、周囲に広がる鉄の臭い。これまで、魔祓い師として魔獣や魔物と何度も対峙してきたカルセドニアには、嗅ぎ慣れた血の臭いに他ならない。

そして、倒れ臥したまま見上げた彼女が見たものは。

振り抜かれた《自由騎士》の剣によって胸を切り裂かれ、血を流しながら地面に倒れゆく彼女の愛しい青年の姿だった。

覚醒

モルガーナイクの横薙ぎの一撃がカルセドニアに到達する直前。

咄嗟に動いた辰巳の身体が、カルセドニアを突き飛ばした。

突然横から突き飛ばされ、彼女は耐えきれずに地面に倒れ込む。

だが、辰巳には彼女を気遣っている余裕はない。

カルセドニアと入れ替わるような体勢となった辰巳に、《自由騎士》の凶刃が襲いかかる。

胸に真一文字に走る灼熱。同時に、どっと吹き出す自らの血。

流れ出る血と共に身体中から力が抜けていくように感じた辰巳は、その場に膝をつくとそのまま前方へとゆっくりと倒れ込んでいった。


狂気に支配されたモルガーナイクは、僅かに残った意識で血の中に倒れ込んだ男をじっと見下ろした。

この男は虫だ。自分の大切な花に付きまとう害虫だ。放っておけば、やがて大切な花を枯らせてしまうだろう。

だが、これでもう大丈夫。花を穢す愚かな害虫の駆除は終わったのだから。

付きまとっていた害虫がいなくなり、花もきっと喜んでいるだろう。

そう思いながら、彼は得意げな顔で地面に横たわっている彼の花へと目を向けた。

が、そこで彼は違和感を覚えた。

満面の笑顔で自分を見つめる彼の花。そんな場面を想像していたのに、なぜか彼の花は目を大きく見開いて血の池に横たわる害虫を凝視していた。

ああ、そうか。彼は合点が入った。

害虫の死骸を見てしまい、彼の大切な花は気分が悪くなってしまったのだろう。可憐な花にとって、醜悪な虫の死骸など気持ちの悪いものに違いない。

大丈夫だ。すぐに死骸は片付けさせる。

誰かに死骸の掃除を命じようとして、彼は周囲を見回す。だが、神殿の庭には彼と彼の花以外には誰もいない。

そこで、彼は思い出した。

仲間の神官戦士に、誰も庭に立ち入らせぬように頼んだのだ。誰か——彼のよく知る誰かの名誉のために、余人をここに近寄らせるわけにはいかなかったから。

それが誰だったのか、今の彼には思い出せない。彼が以前からよく知っており、何かと世話にもなった人のはずなのに。

しかし、そんなことは彼には些細なことだった。彼にとって大切なのは、彼の花を守ることなのだから。

「いやあああああああああああああああああああああっ!!」

突然、彼の花が悲鳴を上げた。そして白い神官服が汚れるのも構わずその場に膝をつき、倒れている虫の死骸へと手を伸ばした。

「し、しっかりしてくださいっ!! 今すぐに治癒魔法を…………っ!!」

彼の花が呪文の詠唱を始める。よく見れば、死んだとばかり思っていた害虫の胸が僅かだが上下している。

さすがは害虫、しぶとさだけは並ではない。そんなことを考えながら、彼は害虫を抱き起こしている彼の花へと近づいた。

彼の接近に気づいた彼の花が、詠唱を続けながらきっと彼を睨み付けた。

その視線の厳しさは、まるで親の仇を見るようで。きっと笑顔で感謝してくれるだろうと思っていた彼は、拍子抜けする思いだった。

視線のみで、花は彼に近づくなと告げる。

そんな花の態度に、彼は段々と苛立ちを覚えていった。

なぜだ？　なぜ、そんな目でオレを見る？　オレは君のことを想い、君のことを心配し、君のためにと思って害虫を駆除したというのに。

彼の苛立ちはどんどんと大きくなっていく。

その彼の耳元で、けらけらと誰かが楽しそうに嗤っているような気がしたが、それはすぐに彼の意識から消え去った。

苛立ちが高じた彼は、彼の花の手を掴み取り、力任せに自分の方へと引き寄せた。

どすん、と彼の身体に温かくて柔らかなものがぶつかる。もちろん、彼の花の身体だ。

同時に、どさりという音も。彼が花を引き寄せたことで、花が抱き抱えていた虫の身体が地面に落ちたのだろう。

「放してっ!!　は、早く治癒魔法を使わないとご主人様が……っ!!」

花は彼の手から逃れようと必死にもがく。そして、彼を見ることもなく、悲痛な目を倒れている虫へと向けている。

なぜだ？　オレにはあんなに憎々しげな目を向けておきながら、なぜ虫ごときにそんな必死になるのだ？

疑問は苛立ちを加速させる。

――そうだ。おまえの想いを分からせてやれ。力尽くで思い知らせてやればいい。

再び耳元に聞こえる心地よい声。その声の言う通りだ、と彼は思う。思って、しまう。

先程は、その声に抗うこともできた。だが、今の彼にはもう抗う術はなかった。いや、抗う必要などないのだ。声の言う通り、力尽くで彼の花を本当に自分のものにしてしまえばいい。

瞳に浮かんだ赤い光が、更にその輝きを増す。

彼は片手で花の両手を纏めて握り締めると、空いた片手を花の胸元へと伸ばす。破れ、深い谷間が覗いているその胸元へ、と。

彼は神官服の破れた箇所をしっかりと握ると、力任せに神官服を引き裂いた。

再び彼の花が悲鳴を上げる。

白くて大きくて形の良い二つの果実。薄い白布に包まれただけの無防備なその果実が、白日の元に晒された。


破れた神官服を更に大きく引き裂かれ、彼女の上半身はほとんど裸同然になってしまった。

だが、彼女は露になった上半身を隠そうともせず、ただ一心に彼女の愛しい青年の元へ駆けつけようと身を捩るばかり。

いつもの彼女ならば、落ち着いて攻撃性の呪文を唱えることもできたかもしれない。

だが、彼女の最愛の青年が死の淵に立っている今、彼女からは冷静さが失われていた。

早く治癒魔法で彼を癒さねば。このままでは遠からず彼は息を引き取ってしまう。

そのことばかりが彼女の頭の中を駆け回り、〈魔〉に魅入られた《自由騎士》を魔法で攻撃することにさえ思い至らない。

滝のような涙が彼女のすべらかな頬を濡らすが、それにも気づかない。

彼女の腰から下に辛うじて纏わり付いている神官服の残骸が、彼女が身体を動かす度にばたばたと揺れる。

それが気になったのか。それとも更なる下卑た欲望に突き動かされたのか。《自由騎士》の自由な片手が、今度は彼女の下半身へも伸ばされる。

彼女はそれにも気づかない。今の彼女には、長年再会を夢見、ようやく再会できた愛しい青年の姿しか見えていない。

そしてとうとう、《自由騎士》の手が神官服の残骸へと届いた。《自由騎士》の腕が彼女の身体から残された衣服を引き剥がそうとした時、なぜか彼女の抵抗は止んでいた。

それまで必死に動かしていた身体を止め、ただひたすらある一点を見つめている。

突然、彼の花が抵抗を止めたことで、彼に残された僅かな理性が疑問を感じた。

遂に抵抗することを諦めたのか。そう思い、花の表情を覗き込んでみれば。

それまでの悲痛さが消え、代わりに浮かんでいるのは驚愕。

どうしたことかと彼女の視線を追えば、彼女の視線は倒れている虫へと向けられていた。

「だ、だめ……っ!! 今……今無理に動いては余計に怪我が…………っ!!」

花の唇から零れる微かな、それでいて切羽詰まった声。

今。

血溜まりに倒れていた虫が、のろのろとその身体を起こそうとしていた。


声が、聞こえた。

それは彼の大切な家族の悲痛な叫び声。その声が、真っ暗な闇の中に落ちようとしていた彼の意識をぎりぎりのところで繋ぎ止めた。

いまだ、切り裂かれた胸からは血が流れ出し続け、彼の周囲の血の池をどんどん大きくしている。

それでも彼は家族の悲痛な声に応えるため、必死に立ち上がろうともがく。

何気なく伸ばした指先が、落ちていた短槍に当たる。彼はそれを握り締めると、杖の代わりにして何とか立ち上がろうとして——再び自らの血溜まりの中に崩れ落ちた。

何度も何度も。

立ち上がろうとしては崩れ落ち、立ち上がろうとしては倒れ込む。

何度もそれを繰り返し、ようやく彼は立ち上がることに成功する。

ふらつきながらも頭を巡らせれば、霞む視界の中で彼の大切な家族の姿を見つけることができた。

だが、身に纏った神官服の上半身は無惨に引き裂かれ、辛うじて下着に守られた彼女の白くて美しい胸の双丘が露出している。

それを見た彼は、色欲よりも怒りに駆られた。しかし、その怒りは背後から彼女を戒めている《自由騎士》に対してではなく、自分自身に対するものだ。

自分が不甲斐ないばかりに、彼女を辛い目に合わせてしまった。


——ごめん。俺が弱いばっかりに、君に辛い思いをさせて。


心の中で彼女に謝りながら、彼は彼女に向かって足を踏み出した。

まるでスポンジの上を歩くかのように足元はふわふわで、すぐにでもまた倒れてしまいそうだ。

それでも倒れないように、残された全身全霊の力を腰と足に集中させて、彼は彼女へと近づいていく。


——もう嫌だ。絶対に嫌なんだ。これ以上、家族を失うのは。

彼の脳裏に、両親と妹が亡くなった時のことが思い起こされる。

運び込まれた病院のベッドの上。ようやく意識が戻った彼に、警察と病院の関係者が辛い事実を伝えた。

あの時の喪失感。まるで世界が崩れたかのような途轍もない絶望感。

それでも彼が何とか生きる気力を持てたのは、当時は小さな存在であった彼女のお陰だ。

彼に残された最後の家族。大切な小さな家族。

彼はその小さな家族と共に生きていこうと決めた。でも、その最後の小さな家族とも、別れの時はやってきた。

寿命を全うした小さな家族。遂に独りになってしまった彼は、一時とはいえ自殺さえも考えた。

だけど、そんな彼に希望の光が差し込む。

異世界で美しい女性に転生した彼の小さな家族が、彼を異世界に召喚してくれたのだ。

異世界で再会した、彼の最愛の小さな家族。彼女はもう彼のよく知る小さな存在ではなかったけど、それでも彼女は彼女だった。

だから。

だから、彼は決心したのだ。

この異世界で、彼の家族と生きていこう。今度こそ、何があっても大切な家族を守ろう、と。

確かに、突然異世界に召喚されて、戸惑いはある。不安もある。

それでも、隣に彼女がいてくれれば。大切な家族がいてくれれば、異世界でも生きていける。

でも、それは彼女がいてくれることが前提だ。

今、その彼女が辛い思いをしている。ならば、のんびりと寝ていていいはずがない。寝てなんかいられない。


——確かに俺は弱いけど。《自由騎士》どころか、きっと他の誰よりも弱いかもしれないけど。

それでも君を絶対に守ると決めたんだ。もう、家族を失う思いはしたくないから——


一歩。また一歩、ふらつく足取りで、でも、彼は確実に彼女へと近づいていく。

そして、遂に彼の足は、彼女の元へと辿り着く。


「……せ…………ーコを……はな……せ……」

小さな小さな声。まさに虫に相応しい弱々しい声。

立ち上がった虫は、ふらつきながらこちらへと歩いてくる。

死に損ないが。丁度いい。ここで止めを刺してくれる。

彼は抱き抱えていた花を放り出すと、鞘に納めていた愛剣を再び引き抜いた。

今、虫は無防備なまま——ゆらゆらと足元も定まらぬ様子で近づいてくる。その身体を今度は縦に二つに断ち割らんと、彼は両手で保持した剣を大上段に振り上げた。

虫の足が、彼の剣の間合いに入る。その瞬間を見計らい、構えていた剣を垂直に振り下ろす。

彼の剣が虫の頭部に触れようとした時。

突然光が爆発し、虫の姿がかき消えた。


投げ出された彼女は、露出したままの胸を隠すことも忘れてその光景を見た。

ふらふらと近づいてくる、彼女の大切な青年。その青年に向けて、大上段に構えた剣を振り下ろす《自由騎士》。

彼女は一瞬、頭から股間にかけて真っ二つに裂かれた青年の姿を幻視した。

だが、《自由騎士》の剣が青年の頭に触れる直前。

それは青年の身体から溢れ出した。

「そ……そんな……」

今、彼女の目——魔法使いとしての目には、はっきりと見える。彼女の大切な青年の身体から溢れ出る、鮮烈なまでの魔力の輝きが。

「ご、ご主人様に魔力が……し、しかもこの魔力の大きさは……」

彼女には分かる。優秀な魔法使いである彼女には、彼の身体から溢れ出る魔力の大きさが。

それは彼女自身が内包する魔力さえ軽く陵駕するほどで。しかも、彼女が驚いたのはそれだけではなかったのだ。

「……お、黄金の魔力光……？　ま、まさか……それって……？」

呆然と呟く彼女の視線の先で、突然青年の姿がかき消え、《自由騎士》の剣が空を切る。

そして、渾身の力で振り下ろした剣が空振りし、思わず体勢を崩した《自由騎士》の背後。そこに彼女の大切な青年が現れる。

じゃりりっ、と青年の靴が地面と熱烈な抱擁を交わす音が響く。

《自由騎士》の背後を取った青年は、手にした短槍を両手にしっかりと握り締め、その柄の部分を思いっ切り《自由騎士》の頭部へと叩きつけた。


〈天〉


魔法の系統には、それぞれ特徴的な色がある。

それは魔法使いにとっては、常識的な知識と言っていい。

しかし、辰巳が今、全身から放っている黄金の魔力光は、誰もが知っているにも拘わらず、誰も見たことのない魔力の色。

それは、過去にたった一人だけ保有者が存在したという、〈天〉と呼ばれる系統の魔力光だった。

横殴りの短槍の一撃。

槍術どころか一切の武術の心得のない辰巳のその一撃は、いわゆる「野球打ち」と呼ばれる単純な殴打に過ぎなかった。

両手で持った短槍を、ただ単に水平に振り抜くだけ。槍本来の使い方からは遠く離れた、素人丸出しの攻撃方法。

それでも、槍の柄は確かに魔物と化したモルガーナイクの側頭部を捉えた——かのように見えた。

しかし、モルガーナイクは一度は振り抜いた剣を強引に頭部と槍の柄の間に滑り込ませることに成功した。

鍛え抜かれたモルガーナイクの技量の成せる業か、それとも〈魔〉が憑いたことで彼の身体能力が上がっているからこそ可能だったのか。

理由は定かではないが、体勢を崩しながらもモルガーナイクは辛うじて防御に成功、辰巳の渾身の一撃を防ぎきった。

更にモルガーナイクは巧みに剣を操り、辰巳の短槍を見事に弾き飛ばすことまでしてのけた。

この辺り、辰巳のような素人ではなく熟練の戦士であるという証左だろう。いくら魔物と化そうとも、長年身体に染み込んだ戦闘技術まで錆び付いてしまったわけではないのだ。

だが、いくら防御に成功したとはいえ、体勢を崩しかけたところに辰巳の追撃をくらった形となり、流石の《自由騎士》も数歩たたらを踏んでしまう。

それでも素早く体勢を立て直したモルガーナイクは、振り向きざまに剣を一閃させた。辰巳との間には数歩分の距離が空いたとはいえ、その分を素早く踏み込めば十分に剣の間合いに辰巳を捕らえることができる。

辰巳を襲う鋭い剣閃。だが、モルガーナイクの剣は再び空を斬り裂くだけで終わった。

またもや、辰巳の姿が消えたのだ。

《自由騎士》の赤い光を宿した双眸が驚愕に見開かれる。その《自由騎士》の背後に、再び辰巳の姿が現れた。

彼の手にはもう武器はない。武器の代わりに拳をしっかりと握り締め、黄金の光を纏わせた右の拳を力一杯モルガーナイクの顔面に叩きつける。

背後からの再びの奇襲。さすがの《自由騎士》も、これには咄嗟に反応できない。

それでも何とか首をいなし、衝撃を最小限に抑える。その上、辰巳の拳は何の訓練も受けていない素人の拳であり、大した威力などあるはずがない。たとえ顔面を殴られても、モルガーナイクが実際に受ける衝撃は微々たるもの。

の、はずだった。

だが、拳がモルガーナイクの顔に触れた瞬間にそこに宿っていた黄金の光が炸裂し、板金製の鎧を纏ったモルガーナイクの身体を易々と弾き飛ばした。

弾き飛ばされたモルガーナイクは、それでも地面の上を数回回転して勢いを殺し、予想以上の衝撃にふらつく頭を数回振りながら、再び体勢を立て直して敵である辰巳の姿をきっと見据えた。いや、見据えようとした。

だが、先程までそこにいたはずの辰巳の姿はまたもや消え失せている。

敵の姿が消えたことで、思わず呆然としてしまうモルガーナイク。だが、鍛え抜かれた戦士の感覚が、背後に再び何らかの気配を感じ取った。

その感覚に従って前方に身を投げ出す。地面で一回転して起き上がり背後を確認してみれば、そこには拳を振り抜いた姿勢の辰巳の姿があった。


地面に倒れ込んだまま、起き上がることさえ忘れてカルセドニアは辰巳の姿を目で追い続けていた。

少し離れていた所から辰巳とモルガーナイクの戦いを見ていた彼女には、対峙しているモルガーナイクよりも辰巳の異様なまでの高速移動がよく見えていた。

姿が消えたと思った瞬間、辰巳はモルガーナイクの背後にいる。それは、単に高速で移動しているという次元を遥かに超えているようにカルセドニアには見えた。

「あ、あれは……まさか……〈天〉系統の…………《瞬間転移》……？」

ぽつりと唇から零れ落ちる言葉。

それは間違いなく〈天〉の系統に属する魔法の名前だった。

ティエート・ザムイ。

それはかつて存在した偉大な魔法使いの名前。

《大魔道師》という二つ名でも呼ばれ、歴史上でただ一人だけ存在した〈天〉の適性系統を持った魔法使いだと言われている人物のことを、この時のカルセドニアは思い出していた。

《大魔道師》のみが使うことができた〈天〉は、系統的には〈聖〉の上位系統であり、〈光〉の最上位系統と一般的には考えられているが、御伽噺などでは〈天〉が司るものは時空であるとされていることが多い。

カルセドニアが知っている御伽噺に登場する〈天〉の魔法も、空間を飛び越えたり、時間を越えるようなものが多かった。

更には、カルセドニアが辰巳を召喚した際に使用した魔法儀式も、《大魔道師》が遺したものであると記録にあり、本来ならば〈天〉の魔力でなければ稼働しない。

それをカルセドニアは、〈天〉に最も近いとされる〈聖〉で代用することに成功した。

彼女自身が抱える大量の魔力と、それに神殿の地下の「聖地」に溢れる膨大な魔力を合わせて使用することで、半ば力尽くで発動させたのだ。

もちろん、彼女の魔法使いとしての技術の高さも、辰巳の召喚に成功した理由の一つである。

そして今。

カルセドニアの目の前で、消滅と出現を繰り返す辰巳は、時空を操る〈天〉系統の代表的な魔法であると伝えられる《瞬間転移》に他ならない。少なくとも、カルセドニアの目にはそう見えた。

魔力を持たないはずの辰巳が、どうして突然魔法を、それも伝説とまで言われる〈天〉の系統の魔法を発動させているのか。

その理由はもちろんカルセドニアには分からない。

しかも、彼の胸の傷からの出血まで止まっていた。いつの間にか治癒魔法まで発動させていたようだ。

治癒効果のある魔法が存在するのは現時点では〈光〉と〈水〉、それに属する上位と派生系統だけとされている。

〈天〉は〈聖〉や〈光〉の上位系統と言われている。ならば〈天〉にも治癒効果を持つ魔法があってもおかしくはないかもしれない。

「……ご、ご主人様が歴史上二人目の〈天〉の魔力の持ち主……？」

現在の状況も忘れ、カルセドニアは頬を真紅に染めつつ熱の宿った瞳で辰巳の姿を追い続けていた。


消滅と出現を繰り返す辰巳の奇襲。

だが、それが通用したのは最初の数回だけだった。

これまで武術を習ったことはおろか、殴り合いの喧嘩でさえほとんどしたことがない辰巳である。

空手の正拳突きでもなければ、ボクシングのストレートでもない。ただ単に拳を突き出し、振り回すだけの素人の攻撃が、実戦を積み重ねてきた本物の戦士にいつまでも通用するわけがない。

今も突然背後に出現した辰巳の攻撃を、モルガーナイクは危なげなく回避した。辰巳の姿が消えた瞬間、彼が自分の死角に現れることを予測していたのだ。

たとえ死角からの攻撃とはいえ、来ることが分かっていれば避けることは難しくはない。しかも、モルガーナイクは辰巳の攻撃を回避しつつ反撃を行う余裕さえあった。

だが、《自由騎士》の攻撃もまた、辰巳に回避されてしまう。もちろん、その姿をかき消すことによって。


何度剣を振るっても、その刃が敵の身体を斬り裂くことはなかった。

斬り下ろしても。斬り上げても。水平に薙ぎ払っても。もちろん、刺突を繰り出しても。

まるで煙に向かって斬りかかっているかのように、どれだけ剣を振ろうとも辰巳の身体に刃が届くことはない。

確かに辰巳の攻撃は、モルガーナイクにとって児戯《じぎ》にも等しい。奇襲が奇襲でなくなった今、拳を振り回すだけの稚拙な攻撃では、どれだけ繰り返してもモルガーナイクの身体を捉えることはもうないだろう。

だが、自分の攻撃も全く通用しないのは、彼の心に大きな不満と苛立ちを募らせていった。

たかが虫の分際で！　ぶんぶんと周囲を飛び交うことしかできぬくせに！

もう何度目かの剣閃を繰り出すモルガーナイク。だが、今度もまた辰巳の姿は忽然と掻き消える。

どこだっ⁉　今度はどこに現れるっ⁉

油断なく周囲の気配を探る。だが、今度は辰巳の気配を捉えることができなかった。

――何をいつまでも遊んでいるつもりだ？　あんな羽虫は早く片付けてしまえ。

うるさい。言われなくても分かっている！

耳元で囁く声に心の中で反論しつつ、《自由騎士》は辰巳の姿を油断なく探し求める。

苛立っているのは《自由騎士》だけではなく、彼に取り憑いている〈魔〉も同様だった。

あの人間から感じられる魔力は、〈魔〉にとっては天敵ともいうべき〈聖〉の魔力よりも更に危険であった。

先程黄金に光る拳で取り憑いている人間が殴りつけられた時、全身を引き裂かれるような衝撃を感じたのだ。

それは先程、あちらで寝転がっている女から受けた衝撃よりも余程強力なもの。

だから〈魔〉は、取り憑いている人間を唆して一刻も早くあの人間の息の根を止めようとした。

〈魔〉の焦りや苛立ちは、取り憑いた人間の焦りや苛立ちをも加速させる。

《自由騎士》に残された僅かな意志が、〈魔〉から伝わる焦りや苛立ちに徐々に染め上げられていく。

「があああああああああああああああっ‼」

そうした苛立ちが臨界点に達した時、モルガーナイクは咆哮《ほうこう》した。

まるで獣のように、天に向かって。

だが、その咆哮が突然ぴたりと止む。

苛立ちを多分に滲ませた赤い瞳。その瞳が大きく見開かれる。

天を見上げるモルガーナイクの瞳に、それは確かに映っていた。

《自由騎士》の頭上から、足を下にして上空より真っ逆さまに急降下する辰巳の姿が。

辰巳はモルガーナイクの背後などではなく、彼の頭上へと転移していたのだ。

人間の意識は意外に上には向けられない。視覚の死角ではなく、意識の死角。素人である辰巳が《自由騎士》に攻撃を当てるには、もはや奇襲以上の奇襲しか方法はない。

辰巳がそこまで考えて上空へと転移したのかは不明だが、結果的にこの奇襲は功を奏する形となった。

「おおおおおおおおおおおおおおおおおおおおおおっ!!」

今度は辰巳が咆哮する番だった。

上空へと転移した辰巳は、落下速度という味方を得て真下にいる《自由騎士》を急襲する。

辰巳の存在に気づいたモルガーナイクが、慌てて落下地点から逃げようとする。だが、もう遅い。逃げるには彼我の距離がなさすぎた。

獲物に襲いかかる猛禽のように、黄金の光に包まれた辰巳の踵が《自由騎士》の顔面に突き刺さったのは、そのすぐ直後であった。

黄金の光が炸裂した。

周囲に広がる黄金の光は、まるで爆風のように神殿の庭の木々や草花を激しく揺さぶる。

だが、黄金の爆風を最も激しく浴びせられたのは木々や草花ではなく、モルガーナイクの内側に巣くっていた〈魔〉に他ならない。

辰巳の足に宿った黄金の魔力が、モルガーナイクの体内をまさに奔流となって駆け抜けた。

黄金の光は彼の体内に宿っていた闇を駆逐しながら、その一番奥底に隠れ潜んでいた〈魔〉へと襲いかかる。

黄金の光はまるで無数の針のように、実体を持たない〈魔〉の身体に突き刺さり、ぼろぼろと崩壊させていく。

声にならない苦悶の声を上げ、〈魔〉が悶え苦しむ。

これまで長い月日の間、数多くの生物に取り憑き、醜く歪ませた欲望を啜ってきた。

そうやって力を蓄え、遂には人間にも取り憑けるようにまでなった。

人間に取り憑くようになってからも、〈魔〉の力はどんどんと上昇していった。遂には、カルセドニアの《魔払い》の魔法に何度も耐えるだけの力を手に入れたのだ。

その〈魔〉が。

まるで朝日に駆逐される霧のように、黄金の光に為す術もなく蹂躙されていく。

——な、なんだ、この光はっ!? なんなのだ、この魔力はっ!?

苦痛から逃れようとして、〈魔〉は取り憑いた人間の身体を捨てることを決意する。

しかし、その決意も既に遅かった。《自由騎士》の内側は黄金の魔力光に溢れ、既に〈魔〉の逃げ場所はどこにも存在しなかったのだ。

全方位から押し寄せる黄金の奔流に飲み込まれた〈魔〉という存在は、徐々にその存在を削られ崩されていき――遂にはこの世界から完全に消滅した。

荒れ狂う黄金の爆風。その爆風に飛ばされまいと、地に臥して必死に耐えるカルセドニア。

爆風がようやく収まり、そろそろと身体を起こしたカルセドニアは周囲を見回した。

辰巳とモルガーナイクがいた場所は浅く抉れ、そこを中心にして近くに存在した下草は千切れ飛び、樹木の葉はそのほとんどが吹き飛ばされていた。

そして、カルセドニアの紅玉《ルビー》のような瞳が、浅く抉れた窪みに倒れている辰巳の姿を映し出した。

「ご主人様っ!?」

カルセドニアは慌てて立ち上がり、大急ぎで愛しい青年の元へと向かう。

その際、彼女の白くて大きくて美しい胸の双丘がぽよんぽよんと弾み、カルセドニアは改めて今の自分の姿を思い出した。

カルセドニアは両手で豊かな胸をかき抱き、そのまま倒れている辰巳の傍に膝をつく。

そして、彼の口元に頬を寄せ、彼がしっかりと息をしていることを確かめた。

「申し訳ありません、ご主人様。少しの間、お借りします」

辰巳の身体を抱き起こしつつ、彼が着ていた下級神官用の神官服を脱がせ、それを自分で羽織る。彼の神官服も彼自身の血で真っ赤に染まっているが、辰巳の血なのでカルセドニアには気にもならない。

気絶している辰巳から衣服を奪うのは気が引けるが、彼の胸の傷を確かめるためには服を脱がせる必要があるのだ。

辰巳の神官服も胸元が大きく切り裂かれていたが、それでも何とかカルセドニアの上半身を隠してくれた。

そして、改めて辰巳の胸の傷を診てみる。彼の胸を真横に大きく斬り裂いていた傷は、完全に塞がってはいないものの出血は止まっていた。心臓もしっかりと鼓動しているし、呼吸も荒いものの浅くはない。

命の危機はないと判断しつつ、カルセドニアは治癒魔法の詠唱を始める。

白銀の淡い光が彼女の手に宿り、その手を辰巳の傷口へと翳《かざ》すと銀光は傷に染み込んでいき、見る間にその傷を癒していく。

彼の傷口が完全に塞がったのを確認して、カルセドニアは安堵の息を吐きながら立ち上がって周囲を見回した。

彼女の足元に辰巳、そして少し離れた所にモルガーナイク。そこから更に離れた所にバルディオと、合計で三人の男性が倒れている。

辰巳が大丈夫なことを確認した彼女は、バルディオ、次いでモルガーナイクの順で彼らの様子も確かめる。

何げにモルガーナイクが最後に回されたのは、彼女の中で彼の評価がかなり下がったからかもしれない。

また、念のために倒れているモルガーナイクの身体を《樹草束縛》で拘束しておく。

そうして二人の様子を確かめたところ、軽傷程度の傷はあるものの命に別状はないようだ。

魔物と化した人間の〈魔〉を祓った場合、〈魔〉との結びつきが強すぎると〈魔〉を祓った時に廃人のようになる時がある。心が完全に〈魔〉に犯されてしまうからだ。

いまだ意識を失っているモルガーナイクとバルディオの精神の状態まで確かめる術はないので、今は辰巳と共にここから別の場所へと運び出すことを考えなければならないだろう。

とはいえ、さすがに彼女一人では男性三人を運ぶことは不可能なため、誰かを呼んでくる必要がある。

「ご主人様、少々お待ちください。すぐに誰かを呼んできて、ゆっくりと休める場所へと運んでもらいますから。それと……」

カルセドニアは周囲を改めて見回し、誰もいないことを確認すると、再び辰巳の傍に屈み込み、その桜色の唇を辰巳の頬にそっと触れさせた。

「……助けてくださって……ありがとうございました……凄く……凄く嬉しかったです」

両の頬を桜色に染めながら、そっと辰巳の耳元で囁く。

そして、倒れている三人を運び出す人手を確保するため、また、今日ここで起き、自分が見たこと

を祖父であるジュゼッペに報告するため、カルセドニアは足早に神殿の庭を後にするのだった。

示された道標

ゆっくりと。

ゆっくりと浮上していく感覚。

温かく心地のよい闇の中を揺蕩《たゆた》っていた辰巳の意識が、ゆっくりと覚醒へと向かって浮上を始める。

周囲に蟠《わだかま》っていた闇が薄くなり、徐々に明るくなっていく。それに合わせて、辰巳の意識も明瞭になる。

ふと。

誰かに名前を呼ばれたような気がした。

それは父だろうか、母だろうか、それとも妹だろうか。

長い間、ずっと傍にいてくれた家族の誰かだろう。その誰かが彼の名前を呼ぶ声もまた、辰巳の意識の浮上に合わせて少しずつ大きくなっていく。

やがて、彼の意識が完全に浮上する直前。彼の脳裏には、長い白金《プラチナ》の髪と赤い瞳を持った、一人の綺麗な女性の顔が浮かんだ。

目蓋を持ち上げた途端、明るい光が針のように目を刺し、辰巳は反射的に再び目を閉じた。

それでも一瞬だけ見えた景色で、辰巳は自分がいる場所がサヴァイヴ神殿の中の、彼に与えられた客室だと知ることができた。

おそるおそる再び目蓋を開いてみる。最初は眩しさに目がちかちかとしたが、それもすぐに慣れてくる。

辰巳は客室のベッドに寝かされていたらしい。そのまま寝ているのもなんなので、ゆっくりと上半身を起こしてみた。

途端、ずしんと身体の芯に鉛でも入ったかのような倦怠感に襲われた。どうやらかなりの疲れが残っているようだ。

それでも何とか上体を起こし、ゆっくりと客室の中を見回していると、不意に客室の出入り口の扉が開き、そこからすっかり見慣れた白金色の髪の女性が客室に入ってきた。

女性はベッドの上で身体を起こしている辰巳を見て、目を見開いて驚きを露にする。

「ご、ご主人様……？」

掠れた声が、女性の桜色の唇から零れ落ちた。

次いで、その紅玉《ルビー》のような両の瞳から、ぽろぽろと透明な雫が流れ始める。

そして辰巳が何か言うより早く、彼女――カルセドニアは辰巳へと抱きついてきた。

突然カルセドニアに抱きつかれ、身体を支えきれずに辰巳は再びベッドへと倒れ込む。

「……良かったぁ……ほ、本当に良かったぁ……ご主人様の意識が戻って……ほ、本当に……」

ぐすぐすと泣きながら呟くカルセドニア。

なんか、前にもこんなことがあったなぁ、と辰巳がそんなことを思った時。

不意にずきりと胸に激痛が走った。

どうして胸にこんな痛みが？　と辰巳が内心で首を傾げた時、ようやく彼もことの顛末を思い出した。

〈魔〉という恐るべき怪物に取り憑かれた、ジュゼッペの補佐官であるバルディオや《自由騎士》モルガーナイクとの命懸けの戦いを。

「ご主人様……？　どうかなさいましたか？」

辰巳の身体が急に強張ったからだろうか。彼の様子がおかしいことに気づいたカルセドニアが、辰巳の上に覆い被さるように抱き付いていた身体を起こした。

「も、もしかして胸の傷が痛むのですか……？　も、申し訳ありませんっ!!　わ、私としたことが……」

慌ててベッドから下り、ぺこりと頭を下げるカルセドニア。

「大丈夫だよ、チーコ。確かに少し痛かったけど、その痛みのお陰で頭の中がはっきりしたから。それに、チーコこそ無事で何よりだ」

「あ、ありがとうございます。ですが、念の為にもう一度傷口を確認させてください」

というカルセドニアの提案に頷いた辰巳は、着ていた上半身の服を脱ぐ。

改めて自分の身体を見てみれば、胸板の部分に真一文字に走る傷跡が見えた。カルセドニアもその傷跡に顔を近づけ、軽く触れたりしながら傷の具合を確認する。

「傷口は完全に塞がっていますね。それでもあれだけの深手だったので、まだしばらく痛みは残るかもしれません……」

「まあ……それは仕方ないよ。あれだけの傷を負って、命が助かっただけでも儲けものだしな」

「でも……傷跡が残っちゃいましたね……」

痛ましそうな表情を浮かべ、カルセドニアは指先をそっと辰巳の胸の傷跡に滑らせた。

「気にしなくてもいいって。女の人と違って男の身体に傷の一つや二つあってもどうってことはないさ」

胸に感じるしなやかな指先の感触のくすぐったさを我慢しつつ、辰巳がふと改めて今の状況を思い出してみれば。

自分は今、ベッドの上で上半身裸で上体だけを起こした姿勢でいて。

そんな自分に、傷跡を確認するためとはいえ、カルセドニアはその整った容貌を極めて近づかせていて。

それは当然、二人の距離も極めて近いことを意味していて。

ちょっと視線を動かせば、カルセドニアの自己主張の激しい胸の双丘が、神官服の上からでも綺麗なカーブを描いているのが分かったりして。

辰巳は自分の心臓の鼓動が速くなったことを、はっきりと自覚した。

「どうかなさいましたか？　急に体温が上がったような……？」

「い、いや、いやいやいやいやっ!!　な、何でもないよ、うんっ!!」

彼女の胸に目が釘付けになったことが情けないやら、近すぎる彼女との距離が恥ずかしいやら。

辰巳は顔を真っ赤にしながら必死に何でもないことをアピールした。

だけどどんなに隠そうとしても、伝わってしまう時は伝わってしまうもので。

カルセドニアは辰巳の視線の先や、自分の今の状態を思い出して真っ赤になる。

「も、もう……っ!!　ご主人様ったら……っ!!」

両手で胸元を隠しつつ、ちょっとだけ怒ったような顔を辰巳に向ける。それでもカルセドニアは、真っ赤になった顔に照れながらも嬉しげな表情を浮かべた。

「ご、ご主人様が……そ、その……の、望まれるのであれば……わ、私は……そ、その別に……」

「ち、チーコ……」

互いに真っ赤になりながらも、二人の顔の距離がじりじりと近づいていく。

そして、その距離が拳一つほどにまでなった時。

「ぅおっほんっ!!」

突然聞こえたわざとらしい咳払い。辰巳とカルセドニアは弾かれるように慌てて離れる。

「お主たちの仲がいいのは結構なことじゃし、儂としても喜ばしいことではあるがの……せめて、部屋の扉を閉めてからにせい。一応、ここは神聖なる神の家……神殿の中なのじゃからの」

と、扉が開け放たれたままになっていた客室の出入り口の所に、呆れた顔のジュゼッペが立っていた。

どうやら、カルセドニアが客室に入ってきた時、辰巳の意識が戻っていたことに驚いて、扉を閉めるのを忘れていたらしい。


辰巳に与えられた客室の中、カルセドニアが椅子の一つを辰巳が身体を横たえているベッドの傍に移動させ、そこにジュゼッペが腰を下ろす。

そして、カルセドニア本人はそのジュゼッペの背後に立って控えた。

「まずは、婿殿の意識が戻って何よりじゃ」

ジュゼッペのその言い方や、先程のカルセドニアの取り乱し方を思い出し、辰巳はふと感じた疑問を尋ねてみる。

「もしかして……俺って長い間寝ていたんですか……?」

「左様。あれから……神殿の庭での騒動から、今日で三日目じゃよ。その間、お主はずっと眠っておったのじゃ」

「み、三日……？　そんなに……？」

三日も寝ていたと聞いて辰巳は驚きを露にした。彼としては、〈魔〉との騒動はつい先程のことのような感覚だったのだ。

「婿殿も当事者の一人であることじゃし、あれからのことを説明せねばならんじゃろう。じゃがその前に、お主はどこまでしっかりと憶えておる？」

改めてジュゼッペにそう尋ねられ、辰巳は順番に思い出してみる。

神殿の庭で、ジュゼッペの補佐官であるバルディオが〈魔〉に憑かれ、カルセドニアに襲いかかったと聞いたこと。

その時に一緒だったモルガーナイクと共に、カルセドニアを助けるために庭に向かったこと。

そこでモルガーナイクとカルセドニアの手によって、バルディオの身体から〈魔〉を追い出すことに成功したこと。

その〈魔〉がこともあろうに今度はモルガーナイクに取り憑き、再びカルセドニアに襲いかかったこと。

そして、カルセドニアに迫る凶刃の前に無我夢中で飛び出し、彼女の代わりに斬られたこと。

辰巳がはっきりと憶えているのはそこまで。その後にカルセドニアを助けたい一心でモルガーナイクに挑みかかったことは朧気ながら憶えているが、具体的なことまではよく憶えていない。

「……では、お主は自分が魔法を使ったことは憶えておらんのじゃな？」

「お、俺が魔法を……ですか？　でも、俺には魔力はないんじゃ……」

「その通りじゃ。お主が寝ていた間はもちろん、今もお主からは魔力は一切感じられん。じゃが……」

「ですが、私ははっきりと見たのです。ご主人様が魔法を……それも、これまでに一人しか使い手のいなかった、〈天〉の系統の魔法を使われるのを」

カルセドニアとジュゼッペは、辰巳に〈天〉という系統がどのようなものかを説明した。

かつて、たった一人だけ使い手が存在した幻の……いや、伝説の適性系統。その〈天〉の魔法を辰巳が無意識とはいえ使ったと言うのだ。

そんなことを言われても俄《にわか》には信じられないが、それでもジュゼッペやカルセドニアが嘘を言っているとも思えない。

となれば、本当に自分は伝説とまで言われる魔法を使ったのだろう。正直、とても信じられないが。

そして、当惑していたのは辰巳だけではなかった。ジュゼッペとカルセドニアもまた、理解できない事実を前に困惑していたのだ。

辰巳が〈天〉の魔法──《瞬間転移》を使用したのは間違いない。他ならぬカルセドニア自身がその瞬間を目撃したのだから。

だが、今の辰巳からは相変わらず魔力を感じることができない。魔力がない辰巳に魔法が使えるはずがないのだ。

「……む？」

「……あ？」

困惑の視線をじっと辰巳に向けていたジュゼッペとカルセドニアが、小さく驚きの声を上げた。

今、辰巳は二人の様子に気づくこともなく、何かを確かめるように自らの手を開いたり閉じたりしていた。そんな辰巳の身体から、ほんの極僅かだが魔力が感じられたのだ。

具体的な魔力光の色さえ分からぬほどの、本当に微々たる魔力。だがジュゼッペとカルセドニアは、魔力のない辰巳から確かに魔力の輝きを見た。

「お、お祖父様……これはどういうことでしょうか……？」

「むぅ……正直、儂にも分からんわい。じゃが、僅かとはいえ確かに婿殿から魔力を感じたのぅ」

白くて長い髭をしごきながら、ジュゼッペは辰巳の魔力についてあれこれと考える。

辰巳の暮らしていた日本に「亀の甲より年の功」という諺があるが、ジュゼッペとて無駄に歳月を積み重ねてきたわけではない。

年齢と共に積み重ねてきた膨大な知識が、彼の頭の中にある。ジュゼッペは今、その蓄えた知識の中から辰巳の身に起きていることと同じ事象を探していた。

やがて彼の頭の中で、その事象に該当しそうなものが唯一つだけ浮かび上がる。

「もしや……婿殿は内素ではなく外素を扱っておるのでは……？」

「え？　ええええええええええっ!?」

ジュゼッペが導き出した答えに、カルセドニアは目を見開いて驚いた。

一方、当事者であるはずの辰巳はと言えば、どうしてカルセドニアがそれほど驚いているのか分からなくて、きょとんとした顔をしていたが。

「な、なあ、チーコ？　今ジュゼッペさんが言った『ナイソ』とか『ガイソ』って何だ？」

「あ、はい。内素と外素とはですね――」

この世界には至るところに魔力が溢れている。草食獣が駆け抜ける草原にも、鳥以外には辿り着けない高山にも、魚たちの楽園である大海にも、そして、人々が暮らす街の中にも。

そんな世界に溢れる魔力を「外素」と呼び、人などの生物がその身体の中に内包する魔力を「内素」と呼んでいる。

そして当然ながら、世界に満ちる魔力の量は、人一人が内包する魔力よりも遥かに多い。

例えばカルセドニアが内包する魔力は、人が個人で持つ魔力量としてはトップクラスであるが、それでも世界に満ちる魔力に比べれば、片手で掬い上げた水と大海に満ちる海水ほどの差がある。

その世界に満ちる魔力——外素こそが、辰巳が扱っている魔力ではないのかとジュゼッペは推測した。

「それならば、婿殿自身が魔力を有しているわけではないからの。普段は魔力を一切感じられんでも不思議ではないわい。婿殿は必要な時にだけ、周囲に満ちる魔力をその身体に取り込んでおるのじゃろう。無論、確証があるわけではないが、そう考えれば合点がいく……というか、少なくとも儂にはこれ以外の理由が考えつかんわい」

感心しているのか、呆れているのか。どちらともつかない口調でジュゼッペが締めくくった。

「そ、それでチーコ……その、外素とかを扱うのって……そんなに珍しいことなのか？」

「珍しいなんてものではありません。本来、人間は外素を扱うことなんてできないんですよ？」

儀式魔法などの際に魔法陣を描いて外素を集めることは可能だが、個人で外素を扱ったという前例は実はないのだ。

もしかすると、過去にも何人か外素を扱える魔法使いがいたかもしれないが、少なくとも記録や伝承などには残っていない。つまり、ジュゼッペの推測が正しければ、辰巳は歴史上初めての「外素使い」ということになる。

「お爺様の推測が正しければ、ご主人様には魔力が尽きるということが実質的にありません。必要に応じて周囲から集めるわけですから」

「じゃが、その事実を過信してはならんぞ？　例えばお主を召喚した神殿の地下室のように周囲よりも魔力の濃い場所もあれば、逆に魔力の薄い場所や全く魔力がない場所もあるじゃろう。そのような場所では、いくらお主でも魔力を集めることが困難になるじゃろうからの」

実質上、無尽蔵の魔力を持つに等しい辰巳だが、逆を言えば普通の魔法使いのように一定量の魔力を常に体内にプールしておくことはできない。

正確には魔法を使う直前に一時的に体内に魔力を蓄えるのだが、その魔力も魔法などに使用しなければすぐに霧散してしまう。

辰巳は魔法を使用する際、どうしたって周囲にある魔力に依存しなければならないのだ。

そこに限れば、普通の魔法使いより不利な点と言えるだろう。

カルセドニアとジュゼッペの言葉を黙って聞いていた辰巳は、ジュゼッペの忠告に神妙に頷きながらも、その顔は期待に輝いている。

一度は諦めた魔法という未知の力。その力を自分でも扱えそうだと分かって、嫌でも期待が高まってしまう。

「しかし……改めて考えてみると婿殿は希有な存在よな。〈天〉の魔法使いであることに加え、外素使いときた。しかも、カルセドニアに聞くところによると更に感知者でもあるようじゃしな」

果たして、辰巳の世界の人間は全てがそうなのか、それとも辰巳だけが特異なのか。それはジュゼッペにも分からない。

もしもそれを確かめようとすれば、辰巳以外にも多くの人間を召喚する必要があるだろう。だが、それは実質的に無理なことなのだ。

じっと辰巳を見つめるジュゼッペ。それまでずっと穏やかだったジュゼッペの表情が、不意に厳しいものへと変じた。それに釣られるかのように、辰巳とカルセドニアもまた、表情を引き締めた。刃物を思わせる澄んだ迫力を滲ませながら、ジュゼッペはとある提案を辰巳に切り出した。

「どうじゃろう、婿殿。お主……カルセと同じ魔祓い師になるつもりはないかの?」

辰巳の決意

「私は反対ですっ!!」

ジュゼッペの切り出した提案を聞き、辰巳とカルセドニアは仲良くしばらくぽかんとした顔をしていたが、ジュゼッペが言い出したことをようやく理解できたのか、カルセドニアが大きな声で反対した。

「ご主人様にそんな危険なことをさせるわけにはいきませんっ!!　なぜ、お祖父様はご主人様を魔祓い師にしようなどと思われるのですかっ!?」

凄い剣幕で祖父に食ってかかるカルセドニアに、辰巳は別の意味でまたもやぽかんとした表情を晒す。

「落ち着いて考えてみんか、カルセよ。婿殿ほど魔祓い師に向いた素質を持った者は他におらんぞ？　なんせ〈天〉の魔法使いにして外素使い、そして感知者じゃ。〈魔〉にしてみれば、婿殿はまさに天敵じゃろうて」

「確かにご主人様の素質は私も認めるところですが……まさかお祖父様、ご主人様をいいように利用しようなんてお考えではないでしょうね……？」

殺気さえ放ちそうな勢いで祖父に迫るカルセドニア。だが、ジュゼッペも伊達に歳は取っていない。カルセドニアの放つ迫力でさえ涼しげに受け止めていた。

「全く……お主は婿殿のことになると過激になっていかん。儂はあくまでも婿殿の意思を尊重しておるわい。婿殿に魔祓い師になる気がなければ、無理に勧めるつもりはないぞ？」

呆れたように溜め息を吐きつつ、ジュゼッペは改めて辰巳へと向き直った。

「それでどうじゃろう？　何もいきなり〈魔〉と戦えなどとは言わん。まずはじっくりと基礎の訓練を積み、それから少しずつ実戦を経験していけば良い。戦闘技術ならば神官戦士たちと一緒に訓練すればいいし、魔法に関することなら儂やカルセがあれこれと教えることができるじゃろう。なに、焦らずゆっくりと魔祓い師としての実力を高めていけばいいのじゃ。どうじゃ、婿殿。やってみてはくれんか？」

「ご主人様……ご主人様が無理をされる必要なんてありません。嫌なら嫌と断ってくださってもいいのです」

辰巳の決断を求めてくるジュゼッペとカルセドニア。二人の顔を何度も見比べながら、辰巳はゆっくりと考えてみる。

「……何も今すぐ答えを出す必要はないわい。ゆっくりと考えてから──」

「いいえ、ジュゼッペさん。俺、やります。いえ、やらせてください。俺をチーコと同じ魔祓い師にしてください」

辰巳はベッドの上で正座すると、そのままジュゼッペに向けて深々と頭を下げた。


「ご、ご主人様……どうして……？」

ジュゼッペに促されて寝台の上で再び楽な姿勢になった辰巳に、カルセドニアが悲しそうな顔を向けた。

辰巳はカルセドニアに微笑みかけると、自分の気持ちを説明していく。

「なあ、チーコ。俺は強くなりたいんだ」

「強く……ですか？」

「ああ。俺、痛感したんだよ。こっちの世界は、俺がいた世界……日本よりも危険に満ちている。

そんな中で、大切な家族を……チーコを守るためには……俺はもっと強くならないといけない」

「ご主人様……」

辰巳からはっきりと「大切な家族」だと言われて、カルセドニアは頬を染めながら赤い瞳を潤ませた。

「そして、実際に〈魔〉と戦って……〈魔〉がどれだけ恐ろしいのかも実感した」

この世に清廉潔白な人間などいないと言っても過言ではあるまい。誰でも少しは心の中に闇を抱えている。

それはジュゼッペもカルセドニアも、そして辰巳だってそうだ。人間である以上は、心のどこかに必ず闇が潜んでいる。

その闇を〈魔〉は刺激し、大きくする。優しかった家族や隣人が、ある日突然魔物へと豹変する。

それこそが〈魔〉の恐ろしさだ。

現にバルディオとモルガーナイクという二人の高潔な人物が、〈魔〉によって魔物へと堕ちている。

誰だって、明日は〈魔〉の囁き声を聞くかもしれない。

「俺に〈魔〉に抵抗する力があるのなら、俺はそれを伸ばしたい。そりゃあ俺だって世界中で〈魔〉に犯されている人たち全てを何とかできるなんて思っちゃいない。でも、力が及ぶ範囲だけでもできることがあるならしたいんだ」

辰巳は起こしていた上半身を、ぽすんと寝台に横たえた。

そして首だけをカルセドニアの方へと巡らせると、にかっと悪戯っぽい笑みを浮かべた。

「……なんてことは実は建前でさ。本当に俺が守りたいのは……一人だけなんだよ」

「え……？」

どきん、とカルセドニアの心臓が脈動する。今、辰巳は真摯な目を真っ直ぐに彼女へと向けている。

彼が言う「守りたい一人」が誰なのか。その目が無言で物語っていた。

「チーコが俺を心配してくれるのは嬉しい。あの時……モルガーさんと一緒にチーコを助けに神殿の庭に行った時、チーコは俺に足手まといだって言ったけど、あの時チーコは敢えてきつい言葉を使ったんだよな？　俺をあの場から立ち去らせるために……俺を危険から遠ざけるために」

今なら辰巳にも分かる。あの時、カルセドニアがはっきりと足手まといと言った理由が。

「確かに、今の俺はチーコから見れば足手まとい以外の何者でもない。でもいつか……いつかきっと、チーコと肩を並べて戦えるように……いや、あの時のモルガーさんのように、チーコを守りながら〈魔〉と戦えるぐらいに強くなりたいんだ」

辰巳の記憶にはっきりと焼き付いている、モルガーナイクとカルセドニアの巧みな連携。

あの域まで辿り着くのはいつになるのか分からないが、それでもあの高みにまで行くのが今の辰巳の目標だった。

「だから……俺は魔祓い師になる。魔祓い師になって……チーコを……いや、カルセドニアという一人の女性を守ることができる男に絶対になってみせる……！」

魔祓い師になる。辰巳は自分の意思をはっきりとカルセドニアとジュゼッペに表明した。

それが後に《天翔》の二つ名で呼ばれることになる魔祓い師が、己の進むべき道を見据えた瞬間だった。

厳しかった表情をいつもの穏やかなものに変え、ジュゼッペは満足そうに頷いた。

「婿殿の決意、確かに聞き届けた。じゃが……これまでに何の実績もない者を、いきなり魔祓い師として扱うことはできんのじゃ。まずはこの神殿で各種の訓練を積み、その次は市井の魔獣狩りとして実戦を経験していくが良かろう。ここにおるカルセも、《自由騎士》と呼ばれるモルガーも……いや、魔祓い師は誰もが最初は市井の魔獣狩りとして経験を積むものじゃからの」

確かにジュゼッペの言う通りだろう。まずは〈魔〉よりも格下であるとされている魔獣相手に経験を積み、その次に〈魔〉を相手取る魔祓い師になる。それが誰もが辿る順序なのだ。

「このレバンティスの街には、魔獣狩りたちが集まる酒場兼宿屋が何軒もある。婿殿がある程度の実力を身に付けたならば、そこを訪れて仕事を請けるといいじゃろう」

ラルゴフィーリ王国に限らず、ゾイサライト大陸上に存在するある程度の規模の町や村には、魔獣狩りたちが集まる酒場兼宿屋が一つはある。そのような場所には、魔獣を退治して欲しいといった依頼が集まってくる。いや、依頼が集まるからこそ、魔獣狩りたちが集まるのかもしれない。

カルセドニアやジュゼッペの話によると、モルガーナイクは最初は単なる市井の魔獣狩りだったらしい。だが、その腕を見込まれて、神殿付きの魔祓い師に引き抜かれたのだとか。

「あ……そう言えば……」

「どうかなさいましたか？」

何かを思いついたらしい様子の辰巳に、カルセドニアがこくんと首とアホ毛を傾げて尋ねる。

「今の話で思い出した。モルガーさんやバルディオさんって、あの後どうなったんだ？」

〈魔〉に取り憑かれ、魔物と化けたモルガーナイクとバルディオ。この時になって、ようやく辰巳は彼らのことを思い出した。

あの二人はどうなったのだろう。もしかして、〈魔〉に憑かれたことで何らかの罪に問われるのだろうか。

この国の法律をまるで知らない辰巳は、彼らのことが心配になった。

見れば、カルセドニアとジュゼッペの表情も雲っている。

「ま、まさか……モルガーさんたちは重罪に問われたとか……？」

「いや、そうではない。そうではないが……確かにちと困ったことになっておってのぅ。儂がこの部屋に来たのも、婿殿の様子を見にきただけではなく、婿殿の意識が戻っておったら相談したいことがあったからなんじゃ」

「俺に……相談ですか？」

左様、と頷くジュゼッペの顔には、いつもの穏やかな笑みが浮かんでいなかった。

ラルゴフィーリ王国の法では、〈魔〉に憑かれて罪を犯した場合、余程のことでもない限り罪には問われないらしい。

さすがに町一つを滅ぼしたともなれば無罪とはいかないが、その場合でも十年ほど牢に入れられる程度で済む。

〈魔〉が憑いているかいないかは瞳を見ればすぐに判別できるため、何らかの罪を犯した者が「〈魔〉に憑かれたからやったんだ」という言い訳も通用しない。

聞いた限りでは結構慈悲深い法律のように聞こえるが、実はこれには一般人が知らない裏があった。

今から数代前のこの国の王が、それは強欲な人物だったらしい。

珍しい宝物や美しい女性など、欲しいと思ったものは何でも手に入れないと気が済まない性分で、時には王権を振りかざしてでも欲しいものは手に入れていた。

しかし強欲な反面、〈魔〉に憑かれることを病的なまでに怖れていたらしく、自分の深い欲が〈魔〉を呼び込み、いつか魔物と化すかもしれないと日々怖れていたという。

ならば欲望を抑えればいいようなものだが、その王はそうはしなかった。

自らの欲望を抑える代わりに、その王は「〈魔〉に犯された者を罰してはならない。悪いのは〈魔〉であり、取り憑かれた人間ではない」と、今ある法律を制定した。

要は自分が〈魔〉に憑かれた時に、法的に裁かれないように予め防波堤を築いておいたわけだ。

だが、他の者たち——特に庶民たちはこの法律を情け深いものと感じ、広く受け入れられていった。中にはこの王のそれまでの強欲な行いをすっかり忘れ、慈悲深い名君だと称えた者もいたほどだとか。

法が定められた理由はともかく、広く受け入れられたこの法は、その王が崩御した後もラルゴフィーリ王国で適用され続けているのだ。

「二人とも〈魔〉に憑かれたことによる精神の異常もなく、身体の方も軽傷程度。法的に裁かれることもないので今まで通りの生活を送っておる……と言いたいところじゃが……」

ジュゼッペは、ふぅと力なく溜め息を吐いた。

「確かに法律上はモルガーとバルディオが罪に問われることはない。が、今回の事件が起きた場所はこの神殿の庭じゃ。国の法律が届かない神の家の庭、その庭で聖職者たる者がカルセに――年若い女性に乱暴したとあっては、さすがに神に仕える者として何の罪もなしとするわけにはいかなくてのぅ……」

「え……？　それじゃあ、モルガーさんとバルディオさんは……？」

「バルディオは今回のことを凄く反省しておっての。罪滅ぼしと自身を鍛え直すため、儂の補佐官という役職も高司祭という地位も自ら返上して、今後はただの巡礼の神官として各地を旅して回るそうじゃ。おそらく……もうこの神殿には帰ってこないつもりじゃろうの」

バルディオは二度とこのレバンティスのサヴァイヴ神殿には戻らず、一生を旅して終えるつもりなのだという。それほどまでに、今回自分がしでかしてしまったことを後悔し、反省していた。

「将来を嘱望されておった奴じゃが、本人の決意が固く翻意は難しくての。よって、結局は儂もあやつの好きにさせることにしたわい」

そう言いつつ、肩を落とすジュゼッペ。その隣に立つカルセドニアも、どこか寂しそうだった。

補佐官として頼りにしていた部下であり、兄のように慕っていた人物でもある。実際に襲われた本人であるカルセドニアも彼本人に対する恨みなどはないらしく、彼らが気落ちするのも無理はないだろうと辰巳にも思えた。

「……まあ、バルディオに関してはそれで片が付いたのじゃが……問題はモルガーの方での」

重い溜め息を吐いたジュゼッペは、背後に立つカルセドニアへと振り返った。

「婿殿が目を覚ましたことをモルガーに伝え、ここに来るように伝えてくれんか？」

「承知しました」

辰巳とジュゼッペに向けて一礼し、カルセドニアは静かに客室を後にした。

「モルガーに関しては、バルディオよりもいろいろと複雑でなぁ……」

そう告げたジュゼッペの肩は、力なく落ちたままだった。


「婿殿もモルガーのこの神殿での……いや、この国での名声は聞いておろう？」

カルセドニアがいなくなってから、ジュゼッペは辰巳に尋ねた。

サヴァイヴ神殿が、いや、ラルゴフィーリ王国が誇る気高き《自由騎士》。その名声は広く伝わっており、吟遊詩人たちは彼と《聖女》の活躍を競って歌にしている。

「その《自由騎士》が〈魔〉に憑かれたことが広まれば……それはモルガー個人の名声が地に落ちる

だけでは済まんのじゃ」

今回の事件が広まれば、サヴァイヴ神殿の権威まで失墜しかねない。それに加えて、《自由騎士》とまで呼ばれた人物でさえ〈魔〉の誘惑に抗えなかったとなれば、市井にどのような動揺が広がるか知れたものではない。

「そのため……王国側とも相談した結果、今回の事件……特にモルガーが〈魔〉に堕ちたことは公表せんこととなった」

幸いというか何と言うか、事件が起きた初動でモルガーは庭に人を寄せつけないように手配した。これは〈魔〉に憑かれたバルディオの体面を考えての処置だったが、それが功を奏した形となりモルガーナイクが〈魔〉に魅入られたことを知るのは、事件の当事者である辰巳とカルセドニアだけなのだ。

彼ら以外に今回の事件を知るのは、サヴァイヴ教団とラルゴフィーリ王国の極一部の上層部だけ。彼らは教団の権威を守るためと民の動揺を防ぐため、今回のモルガーナイクの事件は「なかった」ことにするつもりらしい。

バルディオに関しては、〈魔〉に魅入られてカルセドニアに襲いかかったところを数人の信者に目撃されているが、彼は高司祭ではあるものの《自由騎士》ほどの名声も知名度もない。そのため、それほど教団や民には影響を与えない。

また、自ら罪を償うために巡礼の旅に出ることもあって、それ以上の罪の追及はなされないことが決まっている。

そのため、今回の事件は表向きは「一人の神官が〈魔〉に堕ち、その〈魔〉を《自由騎士》と《聖女》が祓った」と公表されるらしい。

「当事者であり、命に関わるほどの重傷を負った婿殿には納得できない面もあるじゃろう……じゃが、そこは無理にでも納得してもらう他ない。無論、儂にできることで良ければ可能な限り善処しよう。申し訳ないが婿殿、今回のことはそれで納得してくれんかの？」

と、ジュゼッペは辰巳に向けて深々と頭を下げた。

そして、始まる

なるほど、これが自分に相談したい内容か。と辰巳は納得した。

いくらサヴァイヴ教団やラルゴフィーリ王国がモルガーナイクの事件をなかったことにしても、当事者である辰巳が町中であれこれと吹聴して回れば簡単に広まってしまう。

もちろん辰巳にそんなことをするつもりはないが、辰巳のことをよく知らない人間からすれば、彼が困った行動を取る前に釘を刺しておきたいのだろう。

辰巳としても、教団や国の体面を保つためと言われるだけならば腹も立つが、一般の市民に動揺が広がらないようにするためだと言われれば、まだ納得できる範疇である。

「……少し尋ねてもいいですか？」

「なんじゃの？」

「今回、バルディオさんやモルガーさんに憑いた〈魔〉ですが、〈魔〉ってどれもあれぐらいの力を持っているものなんですか？」

バルディオやモルガーナイクといった人物に易々と取り憑き、カルセドニアの《魔祓い》にも何度も耐えた。全ての〈魔〉があれほどの力を有しているとすれば、〈魔〉という存在は本当に恐ろしい存在だと言えるだろう。

「そうじゃなぁ。儂も報告を聞いただけで今回の〈魔〉と直接対峙したわけではないから断言はできんが、今回の個体は〈魔〉の中でもかなり強力な個体じゃったろうな」

本来、〈魔〉というものは人間に憑くのを避ける。

確かに生き物の中で最も大きな欲望を抱えているのは人間だが、人間には実体を持たない〈魔〉にも有効な魔法という技術がある。そのため、一般的な〈魔〉は人間には近寄りもしないものなのだ。

また、〈魔〉の数自体も多くはない。その多くはない〈魔〉が野生動物などに憑き、少しずつ少しずつ力を蓄えた結果、一定以上の力を有するようになった個体だけが人間に憑く。

そのような条件もあり、人間が魔物と化した場合は惨事となる場合が多い。それらのことから考えても、今回の〈魔〉は並ではなかっただろう。

そして何より、カルセドニアの《魔祓い》に何度も耐えたという事実。これまでにカルセドニアの《魔祓い》に耐えた〈魔〉など存在しなかった。

よって、今回の〈魔〉は、〈魔〉の中でもかなり力の強い個体であろうとジュゼッペは判断した。

「力の強い〈魔〉になると、小さな欲望を増幅させたり、純粋な想いを歪めたりもできるようになると言われておる。そして膨れ上がった欲望や歪められた想いを、〈魔〉は糧とするわけじゃな。まあ、これらの話は全て過去の例からの推測じゃ。なんせ〈魔〉と冷静に会話した者などこれまでおらんからの」

「なら……今回の一件は、モルガーさんやバルディオさんに非はなかったと？」

「全くなかったかどうかは、儂にも判断はできんよ。人間は皆、多かれ少なかれ欲望を持って生きておるものじゃ。じゃが、今回の一件は相手が悪かったのも事実じゃな」

「そうですか……では、ジュゼッペさんの要請ですが、俺は受け入れることにします」

ここで下手にごねたとしても、ジュゼッペ以外の教団の上層部や、王国の首脳陣から危険人物だと思われるだけだ。そんなことになれば、最悪暗殺者とかを差し向けられるかもしれない。

さすがに暗殺者は考えすぎかもしれないが、その可能性はゼロとは言えないだろう。

それにさんざん世話になっているジュゼッペがここまで頭を下げていては、辰巳としても強く出られるはずもない。

「本当かの？　いや、こちらへ呼んで早々、婿殿には迷惑をかけた。して、この件に関して何か要求はあるかの？」

要は口止め料だな、と辰巳は内心で苦笑する。

「いえ、特にありません」

「な、なんとっ⁉」

辰巳の返答に、ジュゼッペは目を見開いて驚いている。

これが現代の日本であり、交通事故に遭ったとかであれば、治療費とか慰謝料を請求するところだが、治療費――というか治癒魔法代はカルセドニアが施したために料金はかからないし、慰謝料の方も慰謝料どころか生活費までジュゼッペとカルセドニアに面倒を見てもらっている現状、これ以上何を請求しろと言うのだろうか。

これがもしも「大人な展開」ならば、「うへへ、なら代わりに孫娘の身体を寄越しな」なんて要求もアリかもしれないが、仮に辰巳がそのような要求をしても、ジュゼッペとカルセドニアは嬉々としてその要求に応じるだろう。というより、それは既に見返りになっていない気がする。

そして当然ながら、辰巳にそんな要求を出すつもりは端からない。

「お、お主……あれだけの目に遭いながら、何の要求もせんつもりか……？」

「いや、ジュゼッペさんやチーコにはすっかりお世話になっているし……これ以上わがままなことは言えませんよ」

一国の王にも比肩する立場の人物が頭を下げているのだ。これ以上何を望めというのだろう。だが、この判断はこの国の基準からはかけ離れていたのか、ジュゼッペの驚きはとても大きなもののようだった。

「お主という男は……ほっほっほっ、いやはや、たまげたのぅ」

驚きから一転し、おもしろそうなものを見つけた子供のような表情になったジュゼッペは、いつものように穏やかな笑みを浮かべた。

「ご主人様、お祖父様。モルガーを連れてきました」

客室の扉を叩く音に次いで、カルセドニアの声が扉の向こうから聞こえてきた。

ジュゼッペは辰巳が頷いたのを確認してから、扉の向こうにいる二人に入ってくるようにと声をかける。

まず入ってきたのはカルセドニア。その背後に、やや顔を伏せぎみにしたモルガーナイクが続く。

今日の彼は神官戦士としての鎧姿ではなく、神官服でさえない町中で見かけるような一般の平服姿。今まで彼の鎧姿しか見たことのなかった辰巳は、場違いながらもちょっと新鮮な気分だった。

「タツミ殿……」

部屋の中に足を踏み入れたモルガーナイクは、真剣な表情で辰巳の名前を告げ、彼が身体を横たえている寝台の横まで来るとその場に跪いた。

「今回の件……オレが未熟だったゆえにタツミ殿に大怪我を負わせてしまい……本当に申し訳なかった」

頭を下げ続けるモルガーナイクを黙ってじっと見据えていた辰巳だったが、ふと何かに気づいて口を開いた。

「……もしかして……モルガーさんは神殿を出るつもりじゃないですか？　それもバルディオさんのように旅の神官としてではなく、神官そのものも辞めるつもりじゃ……？」

「どうしてそう思う？」

顔を上げたモルガーナイクは、真剣な表情のまま尋ね返した。

「今日、俺の前に現れたモルガーさんは、神官戦士としての鎧姿でもなく、神官としての神官服でもない普通の衣服でした。それはつまり、モルガーさんが神官を辞めるという決意の現れではないですか？」

「なかなかに鋭いな、君は。どうやら、これは本当にオレの目がただ単に曇っていただけのようだ」

自重気味な笑みを浮かべるモルガーナイク。

正直、モルガーナイクは辰巳のことをかなり低く評価していた。

これまでに数多くの魔獣や魔物と戦ってきたモルガーナイクである。その彼の戦士としての目で、そして魔法使いとしての目で辰巳を見た時、辰巳という人物には秀でた所は感じられなかった。

だが、どうやら自分の目は本当に何も見えていなかったらしい。

ありきたりだと思っていた辰巳は、〈魔〉に魅入られた彼を打ち倒し、自分の中に巣くっていた〈魔〉を見事に祓ってみせた。

確かにその戦い方は素人丸出しの拙《つたな》いものだったが、その素人にモルガーナイクは破れたのだ。

いや、救われたのだ。

モルガーナイクも、今回の一件の真実が公表されないことは聞かされている。

それが政治的な判断として正しいと彼も理解できる。だが、やはり彼自身はその決定に納得できない。

自分は一度は〈魔〉に魅入られた。そして、そんな自分を救ってくれたのが、目の前にいる青年なのだ。

彼もジュゼッペから、今回の神殿や国が下した政治的な判断のことを聞いているはずだ。それでいて、一方的においしい思いをしていると言ってもいいモルガーナイクをなじるでもなく糾弾することもなく、ごく普通に会話をしている。

そう。彼は自分とごく普通に会話をしている。

確かに〈魔〉に憑かれて犯した罪は、法で裁かれることはない。しかし、この国の人々は、いや、この世界の人々は一度〈魔〉に憑かれた者を忌み嫌う。

一度〈魔〉に魅入られたのだから、またいつ〈魔〉に魅入られるか知れたものではない。

〈魔〉に憑かれるほど大きな欲望を抱えた人間など、信用できるはずがない。

もしかすると、身体の内側にまだ〈魔〉が潜んでいるかもしれない。

などといった理由で、人々が一度魔物と化した者を忌避するようになるのは、当然と言えば当然なことだろう。

酷い場合になると、〈魔〉に憑かれたことのある者の近くにいるだけで、明確な嫌悪感を表わす者もいるほどなのだ。

そんな自分と、面と向かってごく普通に会話をする青年。

どうやらありきたりとばかり思っていた青年は、モルガーナイクの予想以上に大きな器の人間のようだ。

実は、単に辰巳がこちらの世界の〈魔〉に対する認識を理解していないだけなのだが、そんなことは知る由もないモルガーナイクだった。

辰巳が気を失っている数日の間に、モルガーナイクは彼のことをジュゼッペとカルセドニアから聞かされていた。

カルセドニアが昔から楽しそうに語っていた「夢の中の少年」。それが辰巳である、と。

魔祓いの依頼を請け、カルセドニアと一緒に旅をする時。目的地まで歩いている最中や野営の時など、彼女からいつも「夢の中の少年」のことを聞かされた。

何度も何度も聞かされている内に、彼女が「夢の中の少年」に対して恋心を抱いていることに、モルガーナイクもいつしか気づくようになる。

だが、モルガーナイクはそれをさほど重くは考えていなかった。

所詮は夢の中に出てくるだけの存在。そんなものへいくら恋心を抱こうが、いつかは目が覚めてその目を現実へと向ける時が来る。

恋に恋する少女のように。または、御伽噺や英雄譚《えいゆうたん》に登場する主人公に憧れるように。

少女ならば誰もが一度は通る道だろうと、逆に微笑ましく思えたほどだ。

いつか彼女の目が「夢の中の少年」から、現実の男性へと目を向ける時。その時、彼女の紅玉《ルビー》のような瞳に自分が映っていればいい。

そう思いながら、彼は彼女を見守り続けた。

だが。

彼とて、「夢の中の少年」は実在した。いや、カルセドニアが異世界から呼び寄せた。

だが、召喚魔法が伝説級の大魔法であることは承知している。そして、同時にカルセドニアの魔法使いとしての実力も熟知していた。

確かに彼女ならば召喚の魔法儀式を成功させることは可能かもしれない。いや、現に彼女は伝説級の魔法を成功させ、その結果として「夢の中の少年」は彼らの目の前にいるのだ。

それはまさに、彼女の「夢の中の少年」に対する想いが、彼をこちらの世界へと呼び寄せたのだろう。

そんな彼女と彼の間に、自分が入り込む隙間などありはしない。

彼ならば、カルセドニアを不幸にすることもあるまい。そうでなければ、我が身を顧みずにカルセドニアを庇うために、彼が振るった剣の前に飛び出したりはしないはずだ。

一人の男が一人の女にずっと抱いていた想い。その終焉もまた、彼が神殿を去る決意を下す理由の一つだった。


「そうですか。それがモルガーさんの決意なら、俺が言うことは何もありません」

辰巳はそっとモルガーナイクに向かって右手を差し出した。

「俺も今日から魔祓い師を目指します。モルガーさんの域に達するのはまだまだ先ですが……いつか必ずチーコを……カルセドニアを守って戦える魔祓い師になってみせます」

「オレは神官でも魔祓い師でもなくなるが、それでも市井の魔獣狩りの一人として、今後は魔獣や〈魔〉に苦しむ人々のために力になろうと思っている。もしかすると……どこかで共に戦う日が来るかもしれないな」

「はい。その時はよろしくお願いします」

モルガーナイクはしっかりと辰巳の手を握り締めると、次いでジュゼッペへと向き直って頭を下げた。

「申し訳ありません、猊下。王国や神殿は自分のことを庇ってくださいましたが、やはりそれでは自分で納得できないのです」

「やはり、お主もそういう判断をしたか……いや、薄々そうだろうとは思っておったわい」

ジュゼッペは白くて長い髭をしごきながら、どこか力なく告げた。

「全く、お主といいバルディオといい、正直者ばかりじゃて。よかろう。神殿や王国、そして民たちには儂が上手く取り計らってやるわい。じゃからお主の好きにせい」

「ありがとうございます。今日までいろいろとお目をかけてくださり、本当に感謝しております」

頭を上げたモルガーナイクは、次にカルセドニアへと顔を向けた。

「カルセ。君にも酷いことをしてしまった。許してもらおうなどとは思っていないが、それでも一言謝らせてくれ。本当に済まなかった」

「もういいわ。確かに私としてもあなたは許せない。だって、あなたはご主人様を傷つけたのよ?……でも、そのご主人様がもう何も言わないと決めたのなら、私もこれ以上は何も言わないわ」

「…………感謝する」

こんな時にも自分よりも辰巳を重視するカルセドニアに苦笑しつつ、モルガーナイクは改めてカルセドニアに頭を下げた。

そして、最後に部屋の中にいる三人に一礼を残して、《自由騎士》は静かに立ち去っていった。


数日後。

サヴァイヴ神殿から少し離れた一軒の家に、数人の人間が忙しそうに出入りしていた。

「タツミ、これはどこに運ぶんだ? そもそも、何だよこれ? いや、楽器らしいのは分かるけど……」

「そいつはギターと言って俺の国の楽器だよ、バース」

「へえ、タツミは楽器も演奏できるのか?」

「ま、少しだけどな」

和やかに会話を交わした後、バースは抱えていたギターとその他の荷物を指示された部屋へと運び込み、すぐに次の荷物を運ぶべく家の外へと向かった。

「おおい、タツミー! 注文してたって言う家具を家具屋の人足たちが持ってきたけど、どの部屋に入れてもらえばいいんだー？」

「ちょっと、待ってください、ボガードさん！　チーコ、外のボガードさんを手伝ってやってくれ」

「承知しました」

辰巳の指示に笑顔で返事をしながら、台所で片づけをしていたカルセドニアがぱたぱたと家の外へと出ていく。

途端、家の外からいくつも上がる驚きの声。

「ほ、本物の《聖女》様だ……っ!!」

「うわぁ……お、俺、《聖女》様をこんなに近くで見るの初めてだ……っ!!」

「お、俺、この近所に引っ越してぇ……」

どうやら、家の中から出てきたのが《聖女》だと分かって、家具を運んできた人足たちが驚いているらしい。

そんな人足たちに笑顔で挨拶をしながら、カルセドニアはてきぱきと指示を出して家具を運び込ませていく。

そんなやり取りに苦笑を浮かべながら、辰巳は家の中をゆっくりと見回した。

「いよいよ今日からなんだな……」

だんだんと「家」としての体裁を整えていく「自分の家」の中を眺めながら、辰巳は小さく呟いた。

いよいよ今日から、彼と彼の大切な女性と一緒の生活が始まるのだ。

辰巳がカルセドニアに呼ばれてこちらの世界に来て、既に十日近い時間が流れていた。

だが、辰巳の本当の異世界生活は今日から始まると言ってもいいだろう。

「ご主人様？　どうかされましたか？」

立ったまま家の中をじっと見つめていた辰巳に、カルセドニアが不思議そうな顔で尋ねた。

彼女が少し首を傾げた際、その頭上のアホ毛もゆらゆらと揺れている。

「何でもないよ。ただ……今日からこの家で暮らすんだと思うと……いろいろとさ」

照れ笑いを浮かべながら辰巳が告げると、カルセドニアはゆっくりと彼の元へと近づいてきた。

「私も……楽しみです。ここでご主人様と一緒に暮らすことが……」

辰巳の真っ正面に立ち、カルセドニアが柔らかく微笑む。

「私にもこの家で、あれこれとやりたいことはありますが……取り敢えずの目標は……ですね？」

ちょっぴり上目使いで辰巳を見たカルセドニアは、彼の耳元へとその可憐な唇を寄せた。

そして、彼にだけ聞こえる小さな声で、その目標を告げる。

「……一日でも早く、ご主人様と『本当の家族』になることなんですよ？　そのために私、がんばりますから」

告げられた辰巳は目を見開き、告げたカルセドニアははにかんで。そして、互いに真っ赤になりながらも幸せそうに見つめ合っていた。

カルセドニアの言葉通り、彼ら二人が「本当の家族」になるのは、そう遠くはないだろう。

カルセドニアが二人

ラルゴフィーリ王国のサヴァイヴ神信者の頂点と言うべき、サヴァイヴ教団最高司祭、ジュゼッペ・クリソプレーズ。

彼が魔封具――いわゆるマジックアイテム――の収集家であることは、ある程度以上の身分の者ならば誰もが知っていることだろう。

今日もまた、サヴァイヴ神殿の最高司祭の執務室の中に、とある品が運び込まれた。

その品物の大きさは、丁度人間一人分ぐらい。横幅も同じく人間の身体の幅よりやや広いぐらいか。

全体を柔らかく、見るからに高価そうな布で覆い包まれたその品物を見て、ジュゼッペは満足そうに何度も頷いた。

「うむ、うむ。ようやくこの品が手に入ったわい」

「これが今回お祖父様が入手された、新しい魔封具ですか？　また、随分と大きいですね」

運び込まれた魔封具を、ジュゼッペの背後から覗き込んでいるのはカルセドニアだ。

「これの前の持ち主には、前々から譲ってくれるように交渉しておったのじゃが、なかなかいい返事をくれなんでの。それが急に譲るとか言い出しおって、こうして儂の手元に来たというわけじゃ」

ジュゼッペの今の表情は、まさに新しい玩具を手に入れた子供そのもの。

にこにこと嬉しそうに目を輝かせながら、白くて長い髭を何度も何度も扱《しご》く。

「それでお祖父様？　どうして私だけをお呼びになられたのですか？　何か新しい魔封具を手に入れた時は、今後はご主人様にもお見せになるとおっしゃっていたはずでは？」

世界を問わず、コレクターと呼ばれる人種は自身が集めたコレクションを自慢したがるものであり、そして自分のコレクションに興味を持ち、感心してもらえることに喜びを見出すものであろう。

カルセドニアも以前は新しい魔封具を前にすれば目を輝かせたものだが、最近では慣れてしまったのか、今一つ反応がよろしくない。

しかし、辰巳は違う。

魔法が存在しない世界から来た彼にとって、魔封具という不思議アイテムは興味の尽きない存在なのだ。

そんな辰巳はジュゼッペにとって、コレクションを自慢するのに丁度いい相手なのである。

しかし、今日はその辰巳を呼ばずにカルセドニアだけを呼んでいた。それがカルセドニアには疑問に感じられたのだ。

「いやなに、ちょいと婿殿を驚かせてやろうかと思うての」

「お祖父様？　少しぐらいの悪戯ならば構いませんが、あまりご主人様に迷惑をかけるようなことであれば……たとえお祖父様でも許しませんよ？」

「やれやれ。相変わらず婿殿のことになると過激になるのぉ」

カルセドニアの真紅の双眸に剣呑な光が浮かび、それを見てジュゼッペが苦笑を浮かべた。

「安心せい。儂とて婿殿を傷つけるような真似は望むところではないわい。それどころか、あやつも喜ぶこと間違いなしの悪戯じゃよ」

「ご主人様がお喜びになる悪戯……？」

辰巳が喜ぶ悪戯と言われても、カルセドニアはすぐに思い浮かべることができない。

目の前で首を傾げる孫娘の姿を見て、ジュゼッペは内心で笑みを浮かべる。

どうやら、この謎かけのような問答も、ジュゼッペの悪戯の一部なのだろう。

「なぁに、口で説明するよりは直接目にした方が早かろうて。ほれ、カルセ、ちょいとここに立ってみるがいい」

ジュゼッペは魔封具の前を指で指し示し、カルセドニアが言われた場所に立つと、彼は魔封具を覆っていた布を一気に剥ぎ取った。

「これは……姿見……ですか？」

そう。それは姿見の鏡であった。

人間一人の全身を映し出す、大きな姿見。

一見しただけではその素材までは判断できないが、植物を意匠化した細かな細工が全体に施されており、たとえ魔封具でなくともかなり高価な物だということは一目瞭然だった。

その姿見には今、カルセドニアの全身が映し出されている。

映し出された姿に、歪みはまるで見当たらない。まさに鏡像と呼ぶに相応しい、もう一人のカルセドニアが鏡の中にいた。

「……これはまた、随分と見事な鏡ですね……」

鏡に映し出された自分自身の姿を見て、カルセドニアが感嘆の溜め息を吐く。

歪みのない鏡はそれだけで高価であるが、この鏡は更に魔封具なのである。

果たして、彼女の祖父はこの魔封具に一体どれだけの金額を支払ったのやら。具体的な額を聞くのがちょっと怖いカルセドニアだった。

そんな孫娘の胸の内を知る由もなく、ジュゼッペはご満悦の表情のまま、この魔封具の魔力を解放する合い言葉を唱える。

ジュゼッペが口にしたその言葉に反応し、姿見がかっと鋭い閃光を放った。


突然の閃光に思わず目を閉じ、更に両腕で目を庇ったカルセドニア。光が収まり、彼女は腕を下ろしながら閉じていた両眼を開く。

「…………あら？」

突然閃光を放った姿見。だが、その姿見に変化はまるで見られない。

もしかして、この魔封具の能力は閃光を放つだけなのか？　だとすれば、その能力のどこにご主人様が喜ぶ要素があると言うのだろうか？

彼女が首を傾げつつ改めて姿見を確認しようとした時、彼女の背後から、実に満足そうなジュゼッペの声が聞こえてきた。

「うむうむ。成功したようじゃの」

カルセドニアが声の方へと振り向けば、そこには満面の笑顔のジュゼッペ。

しかし、よく見ると祖父の視線は自分ではない所へと向けられている。

一体何を見て笑っているのだろう。そう思ったカルセドニアは、ジュゼッペの視線の先を追う。

彼女が今いる場所から、丁度姿見を間に挟んだ反対側。ジュゼッペの視線はそこを見ている。

そして、そこを見たカルセドニアは、思わずぽかんとした表情を晒してしまう。

なぜなら。

なぜなら、そこにもう一人の自分がいたのだから。


ぎちぎちと音を立てそうなほどぎこちない動きで、カルセドニアはジュゼッペへと振り返る。

「も、もしかして……これがこの鏡の能力……ですか？」

「如何にも。この姿見は『姿写しの鏡』と言うてな。おぬしが今目にしているように、鏡に映った者の鏡像を作り出すことができるのじゃよ」

「……『姿写しの鏡』……？　鏡像……？」

ジュゼッペの話を聞き、カルセドニアが改めてもう一人の自分を見る。

処女雪のような白い肌。

紅玉《ルビー》の如き真紅の双眸。

真っ直ぐに伸ばされた長い白金の髪。

そして、その頭頂部からぴょこんと飛び出した一房の癖毛。

何から何までそっくりの、まさにもう一人の自分。まさに鏡像。

と、そのもう一人の自分が、カルセドニアに向けて笑みを浮かべた。

「初めまして、私」

その桜色の唇から紡ぎ出された声もまた、カルセドニアと全く同じものだった。

そのもう一人のカルセドニアが、きょろきょろと室内を見回した後、再び口を開く。

「ねえ、ご主人様は？　ご主人様はどこにいらっしゃるの？」

「ん？　婿殿か？　のう、カルセや。婿殿はどうしておる？」

「今日のご主人様の神殿での勤めは午前中だけなので、今頃は家にいらっしゃると思います」

神官とはいえども、無休ではない。

特に王都のサヴァイヴ神殿には十分な神官がいるので、交代で休日を設けている。

一口に休日と言っても、一日丸ごと休みの日もあれば、午前中だけ、午後だけなどいくつかの種類があり、本日の辰巳は午前中だけの日であった。

「そう。ご主人様は家にいらっしゃるのね」

鏡像のカルセドニアは、にっこりと笑うと風のようにジュゼッペの執務室から飛び出していった。

「あ、こら、待ちなさい！　本物の私を差し置いて、ご主人様の元へと向かうなんて！」

本物のカルセドニアも、鏡像の後を追って同じように飛び出していく。

只一人、執務室に取り残されたジュゼッペは、深々と溜め息を吐く。

「やれやれ。鏡像と言ってもカルセはカルセじゃな。何を差し置いても婿殿が一番か」

そう呆れつつ、ジュゼッペも慌てて執務室の出入り口へと向かう。

「さて、突然カルセドニアが二人になって、婿殿もきっと驚くじゃろうなぁ。おっと、儂も早く驚く婿殿の顔を見に行かねばの」

どうやら、それがジュゼッペの悪戯の目的らしい。

ジュゼッペは近くにいた神官を呼び寄せると、すぐに馬車の用意をするように申し付けた。


昼下がりの王都レバンティスは、多くの人たちで溢れている。

買い物をする女性たちや、忙しそうに行きかう各種の人足たち。

露店で商いに精を出す商人に、並べられた商品を真剣に吟味する客。

これから狩りに向かうのか、武器や鎧で身を固めた数人の魔獣狩りたち。

中には、貴族と思しき身なりのいい者も見受けられる。

そんな様々な人々で溢れるレバンティスの通りを、一人の女性が駆け抜けていく。

白い神官服と豊かな胸で揺れる聖印は、サヴァイヴ神のもの。

陽光にきらきらと輝く長い白金の髪をなびかせて、その女性は走る。

しかし、その美しい容貌には嬉しげな表情。

道行く人々は、駆け抜ける美しい女性を見て誰もが思わず振り返る。

「あれ……？　今のって、サヴァイヴ神殿の《聖女》様じゃなかったか？」

「ああ、間違いない。《聖女》カルセドニア様だ。一体、何をあんなに慌てていたんだろうな？」

「何かあったのかな？」

「どうだろう？　でも、何か嬉しそうな顔していたし、深刻なことではなさそうだけどな」

通りかかった二人連れの男たちが、走り去っていった《聖女》を振り返りながらそんなことを言い合う。

と、そこへ。

「す、済みません！　急いでいるので通してください！」

二人連れの男たちの間を、神官服姿の女性が再び駆け抜けていった。

「………な、なあ、今のって……」

「俺には今のもカルセドニア様に見えたけど……気のせいかな？」

「お、俺にもカルセドニア様に見えたけど…………気のせいだよな？」

二人は互いに顔を見合わせ、頻りに首を傾げていた。


午前中に神殿での勤めを終えた辰巳は、家に帰ってくると、まず家の掃除を始めた。

「家のことはほとんどチーコに任せっぱなしだからな……できることぐらいはやらないと」

辰巳は、基本的に料理はできないし、洗濯も毎朝カルセドニアがやってくれる。

家の中で辰巳ができることと言えば、掃除と井戸からの水汲みぐらいしかない。

箒のような掃除道具で床の土埃やゴミを集め、家の外へ掃き出す。

全ての部屋を掃き清めた後は、モップに似た道具で水拭きする。

それらを全て片付け、ほうと息を吐き出した時、がちゃりと玄関の扉が開く音がした。

「あれ？　今日はチーコ、ジュゼッペさんに呼ばれもう少し遅くなるはずだけどな……」

辰巳が神殿を出る時、他ならぬカルセドニアがそう言っていたのだ。

「もしかしたら、ジュゼッペさんの用事が大したことないものだったのかな？」

首を傾げつつも、辰巳は玄関へ向かう。

そもそも、この家の玄関はカルセドニアが魔法で施錠している。予め定めた合言葉を言わないと、扉は開かない。

そして、その合言葉を知っているのは、この家に住んでいる辰巳とカルセドニアのみ。

だから玄関の扉を開けて家に入ってきたのは、カルセドニアしか考えられないのだ。

居間から顔を出して玄関を見てみれば、そこにはやはりカルセドニアの姿があった。

「お帰り、チーコ。思ったより早かったけど、ジュゼッペさんの用事は済んだのか？」

「ご主人様！　ご主人様……っ!!」

顔を出した辰巳を見たカルセドニアは、ぱあああと顔を輝かせると、辰巳に駆け寄ってそのまま彼に抱き付いた。

「ど、どうしたんだ、いきなり……？」

辰巳を力一杯抱き締めながら、カルセドニアは彼の首元に頭をぐりぐりと擦り付ける。

かつて、オカメインコだった頃の彼女もよくそんな仕草をしていた。

それを思い出した辰巳は、苦笑を浮かべながらも彼女の頭を撫でてやる。

「どうしたんだ、チーコ？　何かあったのか？」

「いえ、別に何もありませんけど……駄目ですか、こうしていては？」

「い、いや……別に駄目じゃないけど……」

困惑しつつも、それでも辰巳も嬉しそうだ。

彼に限らず、想い人に抱き締められてそれを嫌がる者などいないだろう。

嬉しそうに自分にしがみつく想い人を、彼も抱き締め返そうとした時。

再びがちゃりと扉が開いた。

「え…………？」

反射的に玄関へと目をやった辰巳は、そこにいる人物を見てその目を大きく見開く。

「ち、チーコ……？　あ、あれ……？　チーコが二人……？」

玄関で厳しい表情で自分を見つめているカルセドニアと、自分にしがみついて嬉しそうに目を閉じているカルセドニア。

二人のカルセドニアを何度も交互に見つめながら、辰巳は混乱の極みに陥っていた。

「今すぐご主人様から離れなさい！」

「嫌よ。ご主人様から離れろと言われて、あなたは素直に応じるの？」

「そんなの、応じるわけないでしょうっ‼」

「そうでしょう？　私はあなたなんだから、そんなこと言うだけ無駄よ」

辰巳を真正面から抱き締め、鏡像のカルセドニアは首を捻って背後のカルセドニアに応えた。

その顔には、明らかに勝利者の笑みが浮かんでいる。

当然それがおもしろくなくて、本物のカルセドニアは強引に鏡像を辰巳から引きはがそうと試みる。

「離れなさい！」

「嫌だって言っているでしょう！」

「あだだだだだだだっ‼」

カルセドニアが力任せに鏡像を辰巳から引き剥がそうとすれば、鏡像はそうはされまいと必死に辰巳にしがみつく。

結果、最もダメージを受けたのは辰巳だった。

「い、痛いよ、チーコ」

「あ、も、申しわけありません！」

二人のカルセドニアは全く同じタイミングで謝罪する。そのまま、鏡像のカルセドニアも辰巳から離れる。

二人並んで自分に頭を下げているカルセドニアたちを、辰巳は改めてまじまじと見た。

二人とも彼が知るカルセドニアに間違いない。しかし、カルセドニアが二人もいるわけがない。

となると。

辰巳の心の中に、にたにたとした笑顔を浮かべた某最高司祭様の顔が浮かんだ。

「………間違いなく、ジュゼッペさんが噛んでいるな、これ」

おそらくは、ジュゼッペが所蔵する何らかの魔封具の効果によって、カルセドニアが二人に増えたに違いない。

「それで？　どっちが本物のカルセドニアなんだ？」

「もちろん、私です！」

「いいえ、私が本物のカルセドニアです！」

「嘘をつかないで！　あなたが鏡像でしょうっ!!」

「何を言うのっ!?　鏡像はあなたの方、本物が私よっ!!」

「ご主人様なら分かりますよね？　私が本物のチーコです！」

「いいえ、私こそがご主人様のチーコです！」

共に自分が本物だと主張する二人のカルセドニアを前にして、辰巳は口をへの字に曲げることしかできなかった。


ががらがらと車輪の音を響かせて、一台の立派な馬車が通りを往く。

馬車の横腹には、サヴァイヴ神の聖印。そのことから、この馬車がサヴァイヴ神殿に属する馬車であることは一目瞭然である。

馬車は賑やかな目抜き通りから、住宅が密集する静かな地区へと入っていく。

そして、とある家の前でその馬車が停まると、御者が慇懃な態度で扉を開き、中から豪奢な神官服姿の老人が現れた。

老人は、慣れた足取りで馬車から家へと向かう。

老人がこの家に来たのはこれが初めてだが、それでもここは他人の家というわけではない。

「婿殿や、いるんじゃろう？　儂じゃ。開けてくれんかの」

だからだろうか。老人はここが通い慣れた家のように、実に気軽そうに玄関から家の中へと声をかけた。

もっとも、この国でこの老人の来訪を門前払いできるような者など、まずいないだろうが。

老人が声をかけた後、しばらくすると扉が開かれ、中から一人の黒髪の青年が姿を見せた。

青年は玄関に立っていた老人の姿を見て、明白に眉を寄せる。

「……やっぱり、わざわざ家にまで来ましたね……」

「ほっほっほっ、困っとるようじゃのぉ」

青年──辰巳の嫌そうな顔を見て、老人──ジュゼッペはこれが見たかったとばかりに、実に楽しそうに笑った。

辰巳に案内されたジュゼッペが居間に入ると、そこには二人のカルセドニアがいた。

二人は居間にあるテーブルに、横に並んで腰を下ろしている。

そんな彼女たちの前に、辰巳とジュゼッペが腰を落ち着かせる。

「どうじゃな、婿殿。意中の女子《おなご》が二人になって嬉しかろう？」

「……それが結婚の守護神たる、サイヴァイヴ神の最高司祭の言葉ですか……」

「確かにサヴァイヴ神は浮気を禁じておるが、これは浮気にはならんじゃろう。なんせ、どちらもカルセ……お主の意中の女子には間違いないんじゃからの」

辰巳としてはその言葉に頷いていいものかどうか分かりかねるが、他ならぬサヴァイヴ神の最高司祭がそう言うのだ。カルセドニアが二人になっても、同一人物である以上サヴァイヴ神の教義的には問題ないのだろう。

いや、問題がないわけがない。

「今のところ最大の問題は……どっちが本物でどっちが鏡像なのか全く見分けがつかないことだよな……」

なぜ、突然カルセドニアが二人になったのか。

その理由はカルセドニアたちから聞いている。

しかし、彼女たちはどちらも自分が本物だと言い張り、相手こそが鏡像だと主張する。

辰巳が見たところ、二人のどちらも本物に見える。

見た目の姿や声はもちろんのこと、記憶などもしっかりとコピーされているようだ。

更にはちょっとした仕草や癖などまで、二人のカルセドニアには違いが全く見受けられない。

「ジュゼッペさん。チーコの鏡像って、どれくらいの時間現れているんですか？」

「さてのぅ。あの鏡の前の持ち主は、その辺りのことを全く教えようとはせんかったんじゃ」

「そんなあやふやな点がある魔封具なんて買わないでくださいよ。何か危険なことがあったらどうするつもりですか？」

ジュゼッペは、この国の国政には携わってはいないものの、間違いなく国の重鎮の一人である。

そんな重要人物が、効果のはっきりしない魔封具などに手を出さないで欲しい。

おそらくそれは辰巳だけではなく、ジュゼッペの側近たちもまた、今回の一件を知れば辰巳と同じ思いを抱いただろう。

「なに、その点なら大丈夫じゃ。昔からよく知っている相手じゃし、十分信頼できる相手じゃよ。もしも本当に危険な魔封具なら、あやつが他人に譲るわけがないからの」

ジュゼッペがここまで信頼している人物とは、一体誰だろうか。

そんな疑問が辰巳の胸に湧き上がるが、今はそれどころではない。

「とにかく……どちらが本物で、どちらが鏡像なのか……それだけでもはっきりさせないとな」

「……その前に、婿殿や。儂はちと喉が渇いたわい。客の立場で厚かましいが、悪いが茶でも淹れてくれんかの？」

「あ、済みません。お客さんにお茶も出さないなんて」

辰巳が慌てて立ち上がり、台所へと向かおうとした時。

二人のカルセドニアが全く同じタイミングで立ち上がり、辰巳の左右の腕をそれぞれ取った。

「お茶なら私が淹れますから」

「ご主人様は座っていてくださいね」

二人に背中を押されて、辰巳は席へと戻された。

と同時に、辰巳がおやっとした表情を浮かべる。

「ん？　何か気づいたかの？」

その辰巳の顔を見て、ジュゼッペが器用に片方の眉だけをひょこりと動かした。

「え、ええ。単なる思いつきですけど……」

それでも、試してみる価値はあると辰巳は思う。

辰巳が見つめる先では、二人のカルセドニアがくるくると台所で仕事をしている。

特に喧嘩をすることもなく、何も言わなくても見事に役割を分担しているのは、やはり元が同一人物だからだろうか。

そんな二人のカルセドニアを、辰巳は真剣な表情で眺めた。

やがて、カルセドニアたちが人数分のお茶とお茶請けを用意して戻ってきた。

「どうぞ、ご主人様」

「熱いので気をつけてくださいね」

二人同時に辰巳の前にお茶の入ったカップを置くので、辰巳の前に二つのカップが並ぶ。

いつもならば、「俺より先にジュゼッペさんにお茶を出さないとだめだろう」と注意するだろう辰巳だが、この時の彼はただ黙ってカルセドニアたちを見つめているだけ。

そんな辰巳に違和感を覚えたのか、カルセドニアたちがそれぞれこくんと首を傾げる。

「うん、どっちが本物でどっちが鏡像か……分かったよ」

二人のカルセドニアを前にして、辰巳ははっきりとそう告げた。


「ほう、分かったかの？」

「ええ、分かりました」

辰巳はジュゼッペに笑いながらそう言うと、立ち上がってカルセドニアたちと向き合う。

「チーコ。俺の横に立ってくれ」

辰巳にそう命じられたカルセドニアたちは、彼の真意が分からず再び首を傾げる。しかし、それでも黙って彼の言葉に従い、辰巳の横に立った。

それぞれ、辰巳の左右に。

特に申し合わせをするでもなく、逆に立ち位置で喧嘩することもなく。

ごく自然に、二人のカルセドニアは、それぞれ辰巳の左右に立ったのだ。

そのことに満足そうな笑みを浮かべた辰巳は、はっきりと告げる。

「こっちのチーコが本物だね？」

と、右側に立ったカルセドニアに、辰巳は微笑みながら告げたのだった。


「どうして、私が鏡像だと分かったのですか？」

そう言ったのは、左側のカルセドニア――鏡像のカルセドニアだ。

その鏡像のカルセドニアに、辰巳は微笑みながらタネ明かしをする。

「簡単なことさ。君は鏡像だ。そこに立っていること自体が理由だよ」

と、辰巳は鏡像のカルセドニアの足元を指差した。

「チーコはいつも、俺の右側に立つんだ。さっき君たちが俺の腕を取った時、君たちは特に喧嘩することなくそれぞれ左右の腕を取っただろ？　あれで気づいたんだ」

辰巳が言うように、カルセドニアはいつも辰巳の右側に立つ。それは無意識な癖の一つだろう。

そして、鏡像とは鏡に写った像。すなわち、左右が逆になる。

鏡像のカルセドニアは、その癖も逆になっているに違いない。

思い出してみれば、カルセドニアがまだ前世のオカメインコだった時も、辰巳の右肩の上に乗っていたことが多かった。

台所で作業する時や、辰巳にお茶の入ったカップを差し出した時など、利き腕も逆だった。

確かに二人の仕草や癖は全く同じだったが、よく見れば左右が入れ替わっていたのだ。

最初は辰巳もそこまで気づかなかったのだが、左右が逆なことに気づいてからはその違いは明白だったのである。

「なるほど。さすがはご主人様ですね」

辰巳から数歩下がった鏡像のカルセドニアは、にっこりと微笑んだ。

「そこまで私をしっかりと見ていてくれて……嬉しいです」

辰巳から離れた鏡像のカルセドニアは、次にジュゼッペに向き直る。

「お祖父様。あの鏡が鏡像を……私を作り出しておけるのは、せいぜい一刻間といったところです。ですから、お祖父様がお考えになられていることには使えないと思います」

鏡像のカルセドニアの言う「一刻間」とは、神殿が時を告げる鐘と鐘の間の時間を言う。

以前に辰巳が自分の腕時計で確認したところ、一刻間はぴったり二時間だった。

「むぅ……そんなに短いのか……それでは確かに儂が考えていたことには使えんのぉ」

顔を顰《しか》めつつ、ジュゼッペは白くて長い髭を扱く。

「あやつめ、さては儂と同じことを考えておったな。じゃが、結局目的には適わないと知り、儂に破格の値段で『姿写しの鏡』を売り付けおったか……」

ジュゼッペは『姿写しの鏡』の前の持ち主に何度も譲渡を願い出たが、当初は全く聞き入れてもらえなかった。

それがある日、急に譲渡に応じると言ってきたのだ。

「念願適ってあの鏡が手に入ると喜んでおったが、まさかそんな裏があったとは……」

「……それまで譲渡を渋っていたのを急に譲るとか言い出したら、普通は何か理由があると疑いませんか?」

「まあ、儂とあやつの仲じゃしな……実を言えば、儂も以前に似たようなことをあやつにしたことがあるしの。お互い様じゃわい」

おそらく、この程度のことはジュゼッペとその人物との間では、これまでに何度もやり取りされてきたのだろう。

そして、最終的には笑い話にできるほどに、二人は信じ合える仲なのだと辰巳は思う。

いや、そうだと思いたい。

「……さて、そろそろ時間のようです」

一旦辰巳から距離を取った鏡像のカルセドニアが再び彼へと近づくと、そのまま辰巳の頬に自分の唇をそっと触れさせた。

「ごめんね、本物の私。私はもうすぐ消えてしまって、私だったことも忘れてしまうから……これぐらい許してくれるでしょ?」

「……仕方ありません。鏡像とはいえ、あなたは私ですし。でも、こんなことを許すのは今回だけよ?」

二人のカルセドニアは、互いに微笑み合う。

そして、鏡像のカルセドニアは、神官服の裾をちょっと持ち上げ、やや気取った風で辰巳に向かって一礼し……そのまま、空気に溶け込むように消えていった。

「それで結局、ジュゼッペさんが『姿写しの鏡』を手に入れたのは、何が目的だったんですか？」

鏡像のカルセドニアが姿を消し、辰巳たちは改めて居間のテーブルに腰を落ち着けていた。

「ん？　儂ってサヴァイヴ教団では最高司祭じゃろ？　それって毎日もの凄く忙しいんじゃよ。もちろん、どんなに忙しくても今の立場には儂なりに誇りを持っておるし、やりがいも感じておる。じゃがのぉ……時々、ふと一日ぐらいはゆっくりと休みたいと思う日もあるんじゃ」

位の低い神官は順番に休みを取ることもできるが、さすがに一人しかいない最高司祭が休みを取ることは難しい。

ジュゼッペとて人間だ。もちろん適度に休憩などは挟んでいるが、それでもあまりに忙しいと、ついそんなことだって考えてしまう。

「それで『姿写しの鏡』で鏡像を作り出し、その鏡像に仕事を任せるつもりだったんですか……」

ジュゼッペが考えていることを理解して、辰巳は呆れたような溜め息を吐いた。

「でもお祖父様？　鏡像が消えたらすぐにまた鏡像を作り出せば……」

「それは無理らしいんじゃ。前の持ち主が言うておったが、一度鏡像を作り出すと、次に鏡像を作り出せる魔力が鏡に溜まるまで三日ほどかかるらしい」

鏡像とはいえ、人間一人を作り出すには、相当な量の魔力が必要なのだろう。

「まあ、バーライドの奴には後で文句の一つも言っておくわい」

「え？　ば、バーライド……？　そ、それって、もしかして……」

バーライドという人物が、『姿写しの鏡』の前の持ち主に違いない。そして、辰巳はその「バーライド」という名前に心当たりがあった。

辰巳がこのラルゴフィーリ王国に来て、まだまだ日は浅い。

それでも、この世界やこの国に関する常識などを、ジュゼッペやカルセドニアから少しずつ学んでいる。

そんな辰巳が得た知識の中に、「バーライド」という名前があったのだ。

「……こ、この国の……国王様……？」

「うむ、その通りじゃ。バーライドの奴とは若い頃からの付き合いでの。昔は一緒にいろいろとやんちゃもしたもんじゃて」

昔を懐かしむように目を細めるジュゼッペ。

普段、何気なく接している彼が、一般市民からすれば十分に雲上人であることを、辰巳は改めて理解した。

その後、問題の『姿写しの鏡』がどうなったのかと言えば。

実は、辰巳の家にあったりする。

自分の本来の目的に使えないと分かったジュゼッペが、あの鏡を辰巳に押しつけたのだ。

「一刻間しか鏡像が現れないとはいえ、使い方次第では役に立つじゃろ。例えば、二人のカルセと同時に……とかの？　なに、鏡像は同一人物じゃ。浮気にはならんから安心せい」

「し、しませんよ、そんなことっ!!　そ、そもそも、チーコは一人いれば十分ですっ!!」

にやりと意味ありげな笑みを浮かべながら親指をおっ立てて見せるジュゼッペに、顔を真っ赤にした辰巳が全力で否定する、という一幕があったとかなかったとか。

そして『姿写しの鏡』は、今も辰巳の家の屋根裏の奥に放り込まれている。

この鏡が鏡像を作り出すことは、ここにある限りおそらくもうないだろう。

…………たぶん。

あとがき

初めまして。

いや、これまでWEB上で言葉を交わした方もおいででしょうが、あえて言わせてください。

初めまして。ムク文鳥と申します。

この度は書籍版『俺のペットは聖女さま』をお手に取ってくださり、本当にありがとうございます。

冒頭でもやや触れましたが、当作は小説投稿サイト「小説家になろう」に投稿していた単なる自己満足の素人小説でした。

それが様々な縁と運が重なって、こうして書籍となって改めて日の目を見ることができました。

WEB版を応援してくださった皆様、そして、ありがたくも出版の声をかけてくださったTOブックス様には本当に感謝しきりであります。

既に、自分が『俺のペットは聖女さま』（以下『ペット聖女』）を書き出して一年半以上が経ちました。

ＷＥＢ上を通して様々な方と交流し、時にはご意見やアイデアをいただき、『ペット聖女』はここまで来ることができました。

新しい話を投稿する度に感想を書き込んでくださった方、誤字や言葉の用法の違いを指摘してくださった方、何でもない冗談の言い合いの中でアイデアの欠片を投げかけてくださった方、本当に皆様のお力添えの元に、この『ペット聖女』は成り立っております。

この場を持ちまして、これまでにお力添えいただいた方々に改めてお礼申し上げます。本当にありがとうございました。


さて、堅苦しい話はこれぐらいにして。

今回、こうして書籍という形で生まれ変わった『ペット聖女』ですが、書籍を出版するということは、自分にとってもちろん初体験です。

自分の書いた小説が書店の店頭に並ぶことは、昔からの夢でした。

そして、今回、その夢が遂に叶ったわけです。

しかし、それ以上に嬉しかったことは、自分が描いてきたキャラクターたちにビジュアルという新たな情報がくっついたことです。

自分の要望が通った形で、『ペット聖女』のイラストはカスカベアキラ様が請け負ってくださいました。

カスカベ様のその美麗なイラストは、皆さんもきっとご存知でしょう。

そのカスカベ様が血肉を与えてくださった辰巳やカルセドニアは、それはもう素晴らしいものでした。

昔から、自分のキャラクターを誰かに書いたり描いてもらえると、とてもわくわくしたものです。

昔作っていた仲間内での同人誌——小説を書き出す前は漫画を描いていた——などで、自分のキャラクターを誰かに描いてもらえると、それだけで凄く嬉しく思いました。

今回は、それの究極版と言っても過言ではない！　そりゃあもう、踊り出したくなるぐらいですとも（笑）。

今後『ペット聖女』を書く時は、カスカベ様が血肉を与えてくれた辰巳やカルセドニアが、自分の脳内で思いっきり暴れまわってくれることでしょう。

そして、この第一巻が発売されて間もなく、第二巻も発売されることとなります。

第二巻の方は年明けぐらいになるとのことですが、当然ながら既にそちらの書籍化作業も始まっております。

その二巻には、いろいろな意味でＷＥＢ版で大人気だった「あの方」が登場します。

果たして、「あの方」や「あの方」の両親——特に母親の方——に、どのようなビジュアルがつくのか今から楽しみで楽しみで。

でも……「あの方」たちにビジュアルって与えてもらえるのかなぁ。ちょっと心配だな（笑）。

作者自身も『ペット聖女』の書籍化はすごく楽しみであり、楽しい作業です。

今後もこの「楽しみ」を、可能な限り続けていきたいですね。

書籍版、ＷＥＢ版共々、『ペット聖女』に今後ともお付き合いいただけると幸いです。

ムク文鳥

TOブックス
II 蜂蜜の月
の笑顔のために
作るんだ！
ファンタジー！
http://www.tobooks.jp/sweets
シリーズ続刊予定！

I
アップルパイは笑顔と共に
おかしな転生
著 古流 望
イラスト 結賀さとる
みんな
お菓子
王道スイー

俺のペットは聖女さま

2015年12月1日　第1刷発行

著　者　ムク文鳥

発行者　東浦一人

発行所　TOブックス
〒150-0045
東京都渋谷区神泉町18-8　松濤ハイツ2F
TEL 03-6452-5678（編集）
0120-933-772（営業フリーダイヤル）
FAX 03-6452-5680
ホームページ　http://www.tobooks.jp
メール　info@tobooks.jp

印刷・製本　中央精版印刷株式会社

ISBN978-4-86472-431-9